Le Cocher
Lactée
la Voye
Les Gemeaux
ORION
La
Licorne

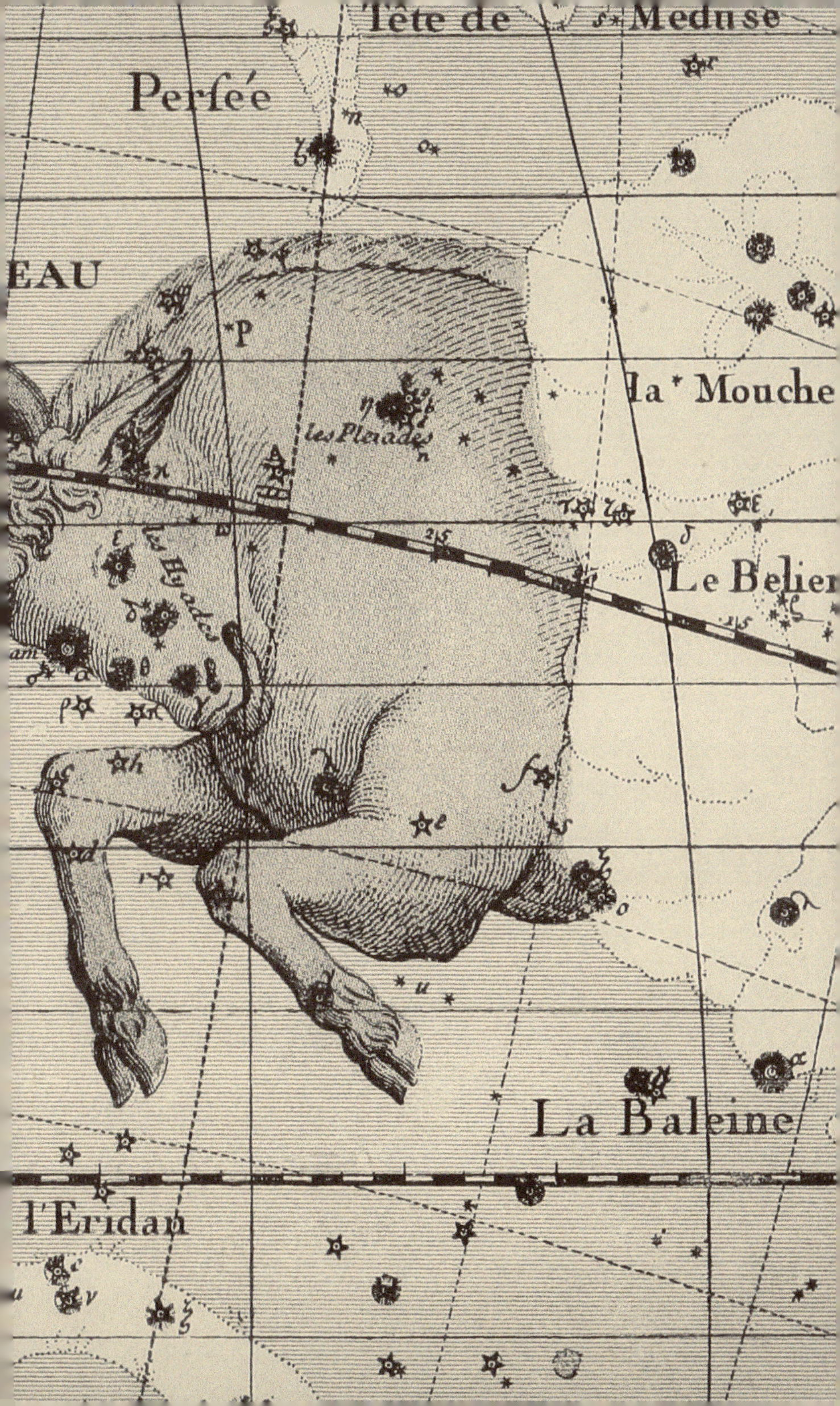

Tête de Meduse
Perſée
EAU
les Pleiades
la Mouche
les Hyades
Le Belier
La Baleine
l'Eridan

MULTIVERSO PULP

Vol. 02

ÓPERA ESPACIAL

Mélani Sant'Ana
Tiago Rech
Tarcisio Lucas Hernandes Pereira
Rafael Fontoura
Diego Mendonça
Otávio Definski
Caliel Alves
Tassi Viebrantz
Roberto Causo
Duda Falcão (organizador)

AVEC EDITORA

PORTO ALEGRE, RS
2020

Publisher	*Artur Vecchi*
Organização e edição	*Duda Falcão*
Ilustração da capa	*Fred Macêdo*
Colorização da capa	*Robson Albuquerque*
Projeto Gráfico e diagramação	*Luciana Minuzzi*
Revisão	*Camila Villalba*
Imagens	*British Library e Freepik*

M 981
Multiverso pulp : ópera espacial / organizado por Duda Falcão. – Porto Alegre: Avec, 2020. -- (Multiverso pulp; 2)
Vários autores.
ISBN 978-65-86099-29-4
1.Ficção brasileira 2. Antologias I. Falcão, Duda

CDD 869.93

Índice para catálogo sistemático:
1.Ficção : Literatura brasileira 869.93

1ª edição, 2020
Impresso no Brasil / Printed in Brazil

AVEC
EDITORA

Caixa postal 7501
CEP 90430 - 970
Porto Alegre - RS
www.aveceditora.com.br
contato@aveceditora.com.br
@aveceditora

Índice

Um Exílio na Espiral Infinita

MÉLANI SANT'ANA

— Bom dia, Amarilis.

— *Bom dia, doutora.*

— Relatório.

— *Chegou uma remessa de material para o laboratório.*

— Ok. Prossiga.

— *A universidade solicitou uma videoaula explicando o funcionamento do modelo para um congresso.*

Bufou, impaciente. Não tinha tempo para qualquer coisa que não fosse sua pesquisa.

— Próxima.

— *A reunião de rotina começa em quarenta minutos.*

— Verifique os parâmetros inseridos ontem no emulador e colete os resultados das últimas doze horas. Usarei esse material na reunião.

— *Pronto, doutora* — respondeu a IA, com a eficiência de sempre, compilando em uma fração de segundo o equivalente binário de uma montanha.

— Algum evento inesperado dentro do modelo?

— *Negativo. Os resultados obtidos correspondem aos dados do emulador. Parece que o eixo temporal estabilizou.*

— Perfeito — respondeu, o olhar longe, tomando mais um gole de seu café que começava a ficar morno. Não estava animada. Aquilo não significava nada.

— *Você tem uma chamada. É sua mãe.*

— Rejeite — respondeu, fazendo anotações em seu pad. A mãe sabia que àquela hora seu expediente ainda não havia começado, mas tinha tanta coisa para pensar que não poderia se envolver em outra conversa sobre por que não voltava para visitar a família.

Tinha batalhado muito para estar ali. Foram anos de estudo e treinamento pesado dentro do Serviço Espacial Aéreo para conseguir entrar em uma missão importante como aquela. Quando a hora finalmente chegou, viu-se dividida entre seus alunos na Universidade da Terra e ser chefe de equipe em uma nave a centenas de milhares de quilômetros de seu planeta natal, mas não havia outra opção que vestisse tão bem o tamanho de seus sonhos, então aceitou a posição de oficial de ciências e foi trabalhar embarcada em uma das naves do braço científico do SEA.

No fundo, ela entendia a mãe, que nunca apoiou completamente sua decisão em se isolar no espaço para estudar, pois dera à luz a filha em órbita, abrigada dentro de uma nave civil, pouco mais de trinta anos terrestres antes, durante a guerra no Sistema Solar. Quando os conflitos acabaram e a população voltou a terra firme, prometeu a si mesma que nunca mais deixaria que sua família perdesse as raízes, o que era uma ironia, pois ela própria nascera no espaço e ouviu o chamado das profundezas infinitas quando a hora chegou.

— *113 mensagens não lidas* — disse Amarilis, seguindo com o ritual matinal.

— Filtre — ordenou, distraída em suas anotações.

— *"Oi, Milena. Você já desistiu daquela ideia? Espero que sim"* — leu a assistente, executando o português impecável e sem sotaque de uma IA. — *"Estou em Betelgeuse esperando uma carga e volto em quinze dias. Podemos nos encontrar nas docas. Combinamos quando chegar mais perto. Abraço. Rúbia Miranda."*

Ao som daquele nome e de sua língua materna, se endireitou na cadeira, observando a tela de vidro à sua frente como se pudesse encarar a assistente.

Rúbia estava voltando. Depois de meses ansiosa pensando em quando daria prosseguimento à tarefa que tinha inventado para si mesma, finalmente enxergou uma luz no fim do túnel.

— Escreva a resposta — pediu Milena, ditando a mensagem em português: — "Olá, Rúbia, ainda bem que você respondeu. Avise quando partir de Betelgeuse, preciso organizar umas coisas antes de ir te encontrar. Boa viagem. Saudades, Milena."

— *Enviado.*

— Obrigada, Amarilis. Pode voltar às suas tarefas.

— *Tenha um bom dia,* doutora.

Terminou o café gelado que restava em sua xícara e partiu em direção à sala de reuniões, atravessando os corredores brancos e estéreis da nave. Quando chegou, os líderes das outras equipes já estavam todos presentes, inclusive Henrique Atnas, o comandante da nave militar responsável pelo monitoramento de Utbulk, um dos aliados do antigo inimigo na guerra do Eixo Solar.

— Tenente Doken — disse ele, no idioma geral, às vezes a título de uma saudação.

— Comandante — respondeu, sentando do outro lado da mesa.

Perguntou-se como as coisas tinham chegado àquele ponto. Quando a guerra acabou ela tinha menos de um ano, mas nem mesmo os que a tinham vivenciado sabiam exatamente quais foram as medidas diplomáticas tomadas pelos governos para restabelecer a paz e a segurança dentro da Unificação Planetária e, em especial, dentro do Sistema Solar, ou Eixo Solar, que foi onde tudo aconteceu.

Chegando a Airilam, tudo o que sabia era que estava fora do território unificado, e que Utbulk era um dos planetas cujas movimentações eram vigiadas de perto.

Ali vivia uma civilização tecnológica que, assim como a humanidade em meados dos anos 2000, ainda não tinha alcançado as estrelas, mas habitava um mundo rico em legêmio, o metal usado pelo antigo inimigo na construção de suas naves de guerra, então tinham entrado no *molho belicista* com a promessa de receber uma cadeira no conselho da Unificação assim que esta fosse tomada.

Utbulk foi o que levou-os até ali, mas o que aconteceu

depois Milena colocou na conta do acaso.

Os cientistas participantes começaram suas longas preleções: a química discorreu sobre as amostras de legêmio coletadas nas minas de Utbulk; o geólogo e a topógrafa, sobre as possibilidades de ocupação do solo; o meteorólogo, acerca das condições atmosféricas; a bióloga, sobre ecossistemas; e mais um desfile interminável de especialistas.

Tudo ali estava errado. Toda a tripulação de oficiais cientistas estava embarcada naquela nave com o único propósito de produzir conhecimento e deveriam prestar contas aos financiadores de suas pesquisas, suas universidades e ao governo de seus mundos. O Projeto Airilam tinha este nome justamente porque foram enviados ali para estudarem o planeta homônimo, que gravitava ao redor da mesma estrela que Utbulk e que tinha sido descoberto quando a vigília começou.

Era um planetinha simpático, de gravidade pouca coisa menor que a da Terra, temperaturas que oscilavam entre 8ºC e 25ºC, atmosfera respirável para humanos e muita chuva.

Toda aquela expedição devia estar naquele momento apresentando seus relatórios à doutora Fieene, cientista plutoniana pioneira do projeto, mulher de inteligência quase sobrenatural, bondade e senso ético fora do comum, mas ela tinha desistido após embates ideológicos com o comandante Atnas. Um dia a tripulação acordou e se viu sob a gerência dos militares, sendo *orientada* a mudar o foco de suas pesquisas, e então a professora doutora Milena Doken entendeu que pelo menos o seu trabalho continuaria o mesmo, pois as duas missões, militar e científica, dependiam de seus resultados. A princípio fez vista grossa, pois estava pessoalmente comprometida em entender os eventos misteriosos que aconteciam por todo um raio ainda indeterminado ao redor de Airilam, mas depois as coisas começaram a entortar e ali estava ela, diante dos cabeças de todas as equipes e de seu líder autoproclamado.

— Tenente Doken — chamou o comandante. Ele fazia

questão de usar o protocolo militar, o que ela odiava, pois não era e nunca seria um soldado. — Como estamos?

Milena projetou diante de todos uma imagem do modelo que ficava estanque em seu laboratório. Tinha recebido ajuda da doutora Fieene para construir uma réplica perfeita, em escala, do sistema em que estavam, e nela eram aplicados os testes de estabilidade do tempo naquele canto do Universo.

— Ontem inseri no emulador os parâmetros identificados nos dez ciclos anteriores e monitorei pelas últimas doze horas em velocidade equivalente a duas semanas *in loco*. Estão sincronizados com o funcionamento orgânico dentro do modelo. É seguro descer.

— E o que isso significa? — indagou ele.

— Que *vocês* têm duas semanas para agir em segurança na superfície — respondeu, apreensiva com o rumo que as coisas poderiam tomar nos próximos dias. — Depois disso, tudo é possível, e eu não tenho nem como arriscar prever. Os ciclos de distorção temporal não são lineares. Eu posso garantir que durante essas duas semanas o tempo estará alinhado com a nossa cronologia, depois disso, quinze dias podem significar cinquenta anos ou dois minutos. Não é recomendável que algum membro da tripulação esteja lá na hora que isso começar.

— Duas semanas é muito pouco — reclamou ele. — Você não poderia desenvolver uma forma de controlar essas distorções?

Riu alto diante daquela pergunta, em coro com alguns dos cientistas presentes, que também entendiam o *absurdo* que era.

— Veja, não é assim... — explicou ela, com a paciência da sua persona professora. — Essa é a realidade temporal nesta área, e é o que é, assim como a nossa realidade e todas as outras que porventura existam pelo Universo. Desenvolver e aplicar um sistema de retenção desse movimento seria interferir no curso natural das coisas, o que pode gerar reverberações por toda a realidade conhecida. E é inconstitucional.

— Não estamos em território unificado, tenente — contestou novamente o comandante. — Aqui a Constituição é inútil.

— Bom, se você não comete atrocidades apenas porque um punhado de leis diz que não pode, sinto muito, mas você tem sérios problemas morais.

— Não vim aqui para ser questionado. — Atnas cortou as raízes da discussão com a diplomacia dos militares. — Mesmo porque este não é o nosso ponto. Mandarei meus primeiros *voluntários* à superfície de Utbulk em missão de reconhecimento. Eles ficarão lá até segunda ordem.

Um burburinho inconformado correu entre os presentes.

— Comandante, se me permite — interveio a bióloga espacial, doutora Ceres, vinda das Plêiades para estudar o crescimento da flora de Airilam naquele contexto de distorções temporais. — Não é prudente. Alguns dos espécimes coletados pelas sondas, tanto em Utbulk quanto em Airilam, apresentaram deformações e alterações em suas estruturas genéticas após serem trazidos para nossas estufas. Ainda levará muito tempo até conseguirmos mapear todas as possibilidades acerca do que pode acontecer ali com qualquer forma de vida exótica.

— Temos outra questão relevante, comandante. — Foi a vez do geógrafo, doutor Medlen, terráqueo. — O único contato que esse povo teve com as *civilizações exteriores* foi o acordo infeliz com o antigo aliado, Govel, que escavou o planeta inteiro em busca de legêmio em troca de hipotéticos benefícios políticos, dentro de um contexto até então desconhecido. Eles não foram notificados sobre o fim da guerra e o controle diariamente intercepta tentativas de comunicação emitidas pelas bases locais em busca de respostas. É imprudente que sejam incluídos no contexto interplanetário neste momento. É possível e muito provável que o salto tecnológico, efeito comum após o ingresso de uma civilização na Unificação, os transforme em um inimigo potencial por conta de uma raiva histórica pelo ocorrido.

— Doutora Fieene diria o mesmo — interveio a professora Sakhram, socióloga. — E é premissa básica da Unificação a não intervenção no desenvolvimento de uma sociedade a menos que ela consiga, por conta própria, sair do planeta-mãe e fazer contato diplomático, ou que o Governo Maior decida.

À menção das palavras *governo maior*, muitos olhos viraram de impaciência e alguns dos presentes bufaram, gerando um ruído de desaprovação.

— Estamos falando de coisas concretas — disse o astrofísico.

— Não temos tempo para considerar sua religiosidade, doutora — respondeu o comandante.

— Não estou falando de religião, nem perguntando se vocês acreditam ou não nos povos ascensionados. Isso, sinceramente, não me interessa. O fato é que os plutonianos são uma das civilizações intermediárias entre a Unificação e o Governo Maior, vocês querendo ou não, e se a doutora Fieene não estivesse no leme desta expedição desde o começo, não estaríamos aqui. Pelo menos não eu, de Sirius, e muito menos vocês, humanos. Se estamos aqui é porque recebemos permissão e, com ela, grande responsabilidade.

— Sempre bom lembrar que eu comando uma tripulação do Setor Transfronteiras do SEA e tenho permissão para navegar além dos limites impostos pela Unificação. E também que a doutora Fieene não está mais na missão — replicou o comandante.

— E é impressionante perceber como isso não intriga a ninguém além de mim, não é mesmo? — A socióloga encarou um por um, e um silêncio constrangedor tomou a sala.

— Para mim, chega. Tenho um relatório de trinta parsecs para redigir — disse Milena, fechando a projeção e tomando o pad nas mãos. — Permissão para me retirar, comandante.

— Concedida.

Voltou ao laboratório e tentou focar no trabalho, mas não conseguiu se concentrar por conta da mensagem que recebera de Rúbia mais cedo. Uma hora desistiu e largou o computador, levantando para pegar um café e acendendo um cigarro.

Tinha arregaçado as mangas do jaleco e observava o degradê de manchas rosas e lilases que se formavam na parte interna de seus antebraços. Aquilo não estava ali desde sempre. Admirou-as, pois eram bonitas como nuvens cósmicas através das lentes potentes de um telescópio, mas perguntou-se até quando conseguiria escondê-las. Em um futuro próximo teria de procurar a doutora Ceres e contar que seu corpo já dava sinais dos efeitos que a distorções temporais poderiam causar, mas, para isso, precisaria contar também que descera sozinha até a superfície de Utbulk, mais de uma vez, a despeito de suas próprias recomendações.

Para seu conforto pessoal, talvez não houvesse futuro próximo.

As naves que levavam os pelotões do comandante Atnas até a crosta partiam das entranhas da base militar que gravitava ao redor do gigante cinzento Utbulk. Dentro do Projeto Airilam, o clima era de velório entre os cientistas.

Ao longo dos dias de estabilidade, Milena entrou em um processo depressivo por ter de monitorar aquela missão de colonização inescrupulosa e irresponsável, mas não era apenas aquilo que a estava perturbando. Além das manchas que se alastravam por seu corpo, começou a ter visões desconcertantes e confusas sobre seu passado e algumas outras, ela arriscaria a dizer, que pareciam o futuro. E não era nada bom.

Chego amanhã, dizia a mensagem de Rúbia no display de Amarilis. *Me encontre na doca 31 do ancoradouro norte às 10h do horário* terrestre.

Finalmente a hora estava chegando. Foram quatorze dias que pareceram dez anos, mas daquela vez a distorção temporal foi causada pela sua própria ansiedade. Por sorte restavam ainda dezesseis horas antes que o período de estabilidade terminasse, o que significava que o comandante continuaria com a atenção voltada para seus próprios assuntos por mais algum tempo e que ela poderia descer até

Utbulk para cumprir seu combinado em segurança.

Para aqueles que moravam no espaço era sempre noite além da janela, mas os cientistas a bordo da nave expedicionária do Projeto Airilam seguiam os turnos conforme os mundos de onde vinham. Como aquele setor era inteiro utilizado por humanos, esperou até as equipes terminarem seus expedientes para ficar sozinha no laboratório.

Vestiu um traje de sobrevivência, pegou um capacete e todos os EPIs pertinentes, ajeitou sua mochila com suprimentos e medicamentos e adicionou à bagagem um kit básico de elementos para pesquisa de campo. Não estava à vontade por causa do clima belicista que o comandante Atnas tinha instaurado na tripulação, então resolveu levar também a pistola que estava guardada desde o dia em que recebeu a graduação como oficial de ciências.

Desceu em sua nave até Utbulk. O lugar onde tinha de ir ficava em uma cidade pequena e já sabia o caminho de cor. Havia um rebuliço por lá pois todos os meios de comunicação tinham começado a noticiar a chegada das naves desconhecidas ao redor do globo. Preferiu não pensar sobre os possíveis desdobramentos daquilo.

As casas, as pessoas, as plantas, tudo ali parecia a Terra com algumas diferenças interessantes de serem observadas, mas não era amigável em termos de condições de sobrevivência. Acenou à porta de uma residência coletiva e foi recebida pela já conhecida mulher de cabelos ralos e feição cansada, que ficou nitidamente aliviada ao vê-la outra vez.

Entrou na moradia e voltou trazendo um menino pequeno pelo pulso. Entregou a criança à Milena com um olhar significativo de agradecimento, embora não houvesse palavra nem meio para estabelecer uma comunicação verbal ali. Ele correu em sua direção e abraçou-a pela cintura como se fosse uma tia querida a quem não encontrava havia muito tempo. Perguntou-se novamente onde estava se metendo e como a vida a tinha levado até aquele lugar.

Ele correu e pulou dentro da nave, alegre como qualquer

criança diante da possibilidade de uma aventura, seguido por Milena, que decolou ansiosa para sair dali.

De volta ao vácuo, tudo indicava que as coisas estavam dando certo. Conferiu no cronômetro analógico e viu que ainda tinha uma margem de tempo segura, partindo em direção ao ponto de encontro com Rúbia, no entreposto de apoio às expedições que ficava a meio caminho entre Utbulk e Airilam.

O resto da *missão* era simples perto do que tinha acabado de fazer: entregaria o menino à amiga e ela o levaria ao Sistema Solar em seu próximo trecho. Particularmente, Milena preferia que ele ficasse com os plutonianos, mas a carga que Rúbia estava levando tinha Marte como destino final, e não havia a menor possibilidade de fazê-la desviar da rota.

Apesar da frieza que o ato requeria, não julgava a mãe por querer se desfazer daquele garoto. Pelo que tinha entendido, ele era muito diferente das outras crianças de seu mundo e assustava a todos. Tinha uma aura sinistra, mas a feição era dócil e ingênua, o que a deixou em estado de alerta pois sabia que podia ser uma estratégia de sobrevivência.

Voava em direção ao espaço aberto, divagando sobre todas aquelas possibilidades, quando uma chamada através do intercomunicador a trouxe de volta à realidade.

Era uma frequência militar.

— Tenente! O que está fazendo aqui? — disse a voz do comandante Atnas dentro da cabine. Ele tinha se aproximado voando em uma nave-caça.

— Comandante, eu... fui verificar uns sinais que recebi através das sondas, aproveitando a estabilidade do eixo e...

Parou de falar quando percebeu que tinha levado a nave até a órbita de Airilam. Deveria estar no entreposto em algumas horas, mas o tinha ultrapassado sem perceber, o que era um absurdo pois, quando se tratava de distâncias astronômicas, *planeta vizinho* era apenas uma figura de linguagem. Ela tinha saltado de Utbulk até ali sem se dar conta, e sem estar em espaço aberto, o que poderia ter causado imprecisões nos cálculos do sistema de navegação da nave, dada a proximidade com os dois planetas.

— Comandante, o que *você* está fazendo aqui? — questionou ela. — Seus assuntos não são em Utbulk? Não tem mais nada da missão aqui, nem a nave expedicionária.

— Eu te segui, tenente — respondeu ele. — Estou seguindo seus passos desde que você foi até a superfície pela primeira vez. Agora você vai guiar até o ancoradouro e se render. Está presa e quero ter o prazer de conduzir seu interrogatório pessoalmente.

Ela não sabia o que fazer. Todos dentro da nave do Projeto tinham medo dele e a única pessoa que ousou questionar sua autoridade desapareceu misteriosamente. Acelerou e começou a fugir, mas a desvantagem era nítida, pois ela era uma cientista que guiava uma nave civil comum e estava fugindo de um ex-piloto de combate.

— Você não tem para onde fugir! Desista!

Aquele menino jamais poderia cair em mãos humanas. Era o mantra que repetia a si mesma. Não saberia dizer o motivo, mas ele precisava de uma criação *especial*, longe de tudo aquilo. Imprimiu mais velocidade e continuou a fugir. Em determinado momento, ele tocou seu braço e ela foi tragada para dentro de um redemoinho de cenas que passavam muito rápido, mas devagar o suficiente para apreendê-las.

Viu sua chegada ao Projeto Airilam, sua graduação no SEA, sua formatura na escola, sua primeira olhada encantada nas areias de uma ampulheta, seu nascimento dentro de uma nave no espaço, pessoas morrendo pelas ruas nas cidades terrestres, a chegada de uma grande nave alienígena ao berço da humanidade, um mundo parcialmente destruído, os primeiros passos do ser humano fora do planeta natal, explosões nucleares, guerras analógicas, embarcações navegando oceanos de água, pessoas morando em cavernas, criaturas gigantes, seres microscópicos, poeira rodopiando em alta velocidade pelo nada, luz, muita luz, e o rosto de uma criança, que eram duas, sobrepostas. Uma menina, e o garoto que estava sentado a seu lado dentro da cabine, e falavam a ela, em uníssono, dizendo com suas vozes infantis que jamais encontraria o que estava buscando se continuasse a procurar *em linha reta.*

Voltou. Não teve tempo para digerir o que tinha acabado de ver pois estava então dentro da atmosfera de Airilam, caindo em velocidade crescente em direção à superfície fúcsia. Puxou o manche com força e conseguiu estabilizar o veículo a tempo de ver no painel que Henrique Atnas ainda estava em seu encalço.

— Você está louca! — gritou ele através do intercomunicador.

Começou a retomar altura quando o menino segurou-a pelos pulsos e forçou o manche a embicar a nave para baixo, colocando-os dentro da espessa camada de nuvens que revestia o planeta.

— Saia já daí! Volte para a órbita! — ordenou o comandante.

— Estou tentando! — gritou em resposta, desesperada. Pilotagem defensiva nunca fora sua especialidade.

A nave saiu do meio das nuvens para debaixo das intermináveis chuvas de Airilam, e sua visão foi instantaneamente prejudicada pela água que batia no vidro frontal da cabine. Quando achou que as coisas não tinham como piorar, a poucas dezenas de metros do solo a nave deu um solavanco e as luzes de emergência no painel se acenderam: o comandante tinha disparado contra ela, acertando sua asa direita.

Planou até pousar em um pântano raso de lama arroxeada, jogando água para os lados, seguida pelo caça que a perseguia. O mecanismo de segurança da nave abriu a porta automaticamente após o impacto e ela desceu, enfiando os pés na água e sentindo a lama afundar sob suas botas. Por um momento esqueceu do grande problema no qual estava envolvida e inspirou a primeira atmosfera de verdade depois de anos dentro de um aquário de *fluído universal,* substância que permitia mais de uma raça de seres sencientes habitarem a mesma nave.

Sentiu as gotas de chuva baterem em seu rosto com a delicadeza de um lugar onde a água caía um pouco mais devagar do que no mundo de onde viera. E riu. Riu alto, deliciando-se em comprovar cada uma das hipóteses sobre as condições daquele planeta. Sentia o poder da ciência correndo por suas veias. A única coisa que não previra era a beleza desconcertante da Airilam.

O comandante tinha descido da nave. Tirou o capacete e apontou a pistola em sua direção.

— O que foi isso, tenente? Você está presa por motim!

Sem pensar duas vezes, Milena puxou a própria arma e colocou-o na mira.

— Que ironia! O homem que desobedeceu de uma única vez às regras do Serviço Espacial Aéreo, do Governo da Terra e da Unificação Planetária me exigindo obediência! Você está cometendo um crime contra toda uma civilização, Henrique Atnas! Você é a personificação dos motivos pelos quais os humanos não podem circular livremente além do Sistema Solar!

Ele fez menção de contestar, mas não havia argumento pois as acusações de Milena eram verdadeiras, então houve um momento de silêncio até que o garoto saiu da nave e chamou a atenção de ambos.

— O que é isso? — inquiriu ele, apontando na direção da criança.

— O motivo das minhas idas a Utbulk — respondeu ela, com a valentia de alguém que não tinha nada a perder.

— Ah, tenente! Você me deve *umas boas* explicações!

Milena olhou o cronômetro analógico com um aperto no estômago e mostrou-o ao comandante:

— Restam dez minutos até que o tempo comece a oscilar por aqui. Vá embora e nos deixe em paz.

— Não. Vamos juntos. Eu, você e o garoto.

— Como? — questionou ela. — Você atirou na minha nave e na sua só cabe uma pessoa.

Ele olhou para a criança.

— Vou abrir uma frequência e pedir um resgate.

— Você não está entendendo? — reforçou a cientista.

— Se uma nave sair da sua base *agora*, pode ser que ela não chegue aqui. Ou chegue daqui cem anos. Ou chegue mil anos atrás. O tempo vai mudar. Você tem nove minutos para ir embora em segurança.

— Vamos jogar limpo — pediu ele, impaciente. — Você nunca me convenceu com essa história do eixo do tempo. Para mim, só está tentando ganhar vantagem para fazer *ainda não entendi o quê*.

Diante daquele descaso com o trabalho científico de toda sua vida, Milena se enfureceu tanto que abriu o zíper do traje de sobrevivência e tirou a camiseta que usava por baixo, deixando à mostra seu tronco e braços quase tomados pelas manchas, que começavam a virar feridas amareladas em alguns pontos.

— Está vendo isso? — perguntou ela, com raiva na voz. — Isso é o que acontece quando você sai no meio de uma distorção. Está me matando aos poucos, e a sua mudança de operação que retirou a expedição daqui de Airilam apenas impediu que pudéssemos estudar esses fenômenos. É isso que você quer para você? Ótimo! Fique aqui. Eu vou morrer de qualquer jeito. Para mim já acabou. Sete minutos.

O horror na expressão do comandante deixou-a constrangida, mas aquele tipo de coisa já não a incomodava mais. Ele não se moveu, visivelmente dividido entre acreditar no que tinha acabado de ver e ir embora ou insistir na captura de Milena e sua misteriosa criança. No fundo ela sabia que aquele tipo de homem manteria seus pelotões na crosta de Utbulk, sem um pingo de responsabilidade na liderança, mas não arriscaria a própria pele nas mesmas condições temporais.

— Seis minutos. — Estava preparada para atirar caso não conseguisse convencê-lo a partir.

— Você é louca — disse ele, devolvendo a arma ao coldre. — Prefere morrer aqui do que explicar o que está acontecendo.

— Eu não sou louca, comandante, apenas confio na minha ciência. Se você tivesse tanta boa vontade em relação a mim, iria até a nave expedicionária, pediria para minha equipe calcular o próximo momento de estabilidade e mandaria um resgate quando fosse seguro. Cinco minutos.

Muito contrariado, o comandante recolocou o capacete, pulou dentro do caça e decolou, sumindo dentro do mar de nuvens que tornava o céu de Airilam branco e leitoso.

Milena respirou fundo e relaxou os músculos, sentando na asa da nave para pensar em tudo que tinha acontecido nas últimas horas. Estava doente e sem cura, mesmo que seu veículo estivesse intacto não poderia voltar à nave expedicionária por conta dos conflitos com o comandante, e também não poderia denunciá-lo, pois todas as frequências de comunicação eram monitoradas pelos militares. Também estava muito longe da Terra para voltar sozinha.

— Você queria vir até aqui, não é? — perguntou, dirigindo-se verbalmente ao garoto pela primeira vez e, para sua surpresa, ele assentiu, olhando-a nos olhos. Foi uma surpresa tão grande vê-lo respirando em Airilam que achou que ele poderia falar a qualquer momento.

Um ruído analógico chamou sua atenção. Era o cronômetro avisando que estava agora perdida em algum lugar do tempo.

Terminou de tirar o traje de sobrevivência, ficando apenas com a roupa fina que usava por baixo, e as botas antigravitacionais, que eram as responsáveis por acertarem seu peso emulando a gravidade na Terra onde quer que fosse. Já que estava ali para sempre, vivenciaria Airilam de todas as formas.

Pegou a mochila com os equipamentos e partiu para dentro da mata, seguindo o garoto, que parecia saber muito bem aonde estava indo. Fotografou grande parte da caminhada, pois tudo ali parecia ter sido concebido sob o efeito de alguma droga lisérgica.

Chegaram à beira de um despenhadeiro. À frente e a perder de vista, apenas um deserto fúcsia e magenta de rochas e montanhas recortadas contra o céu branco. Ali havia uma torre muito alta e esbelta, de estrutura treliçada, visivelmente o único elemento da paisagem criado por mentes pensantes. E era também o único lugar onde, por um raio de quilômetros, não chovia.

Desceram por uma insinuação de caminho pela encosta íngreme e caminharam até a torre. Havia uma cápsula oval parada em um suporte dentro de sua base, que abriu quando eles se aproximaram. O garoto despediu-se com um olhar mais demorado, o qual ela escolheu interpretar como um agradecimento, e entrou no compartimento que parecia ter sido projetado para alguém maior que ele.

Entendeu que deveria se afastar. Algum tempo depois, um clarão ocorreu ao pé da torre, seguido por um estrondo e um tremor no solo, e a cápsula foi lançada com um impulso muito grande até sumir no meio das nuvens. Se sairia de órbita e seguiria em inércia ou saltaria ela não saberia dizer, mas podia afirmar que o sistema daquele objeto estava preparado para navegar através das marés temporais.

Decidiu que passaria o resto de seus dias estudando *in loco*. A primeira coisa que precisava fazer era comparar todos os seus instrumentos de medição do tempo, entre si e com o cronômetro analógico, para tentar reconhecer algum padrão. Pegou a ampulheta dentro da caixa acolchoada e então ocorreu o desmonte de tudo o que havia produzido de conhecimento até então.

A areia atravessava o gargalo como uma mola e não um risco reto, como seria o habitual daquele instrumento e, por mais impressionante que fosse, ela não conseguia dizer se estava descendo ou subindo, e nem sempre as voltas tinham o mesmo raio, ora mais largas, ora tão estreitas quanto uma linha. Ali tudo fez sentido, apesar de não fazer sentido algum.

Depois de um tempo, incalculável dadas as condições, achou melhor começar a enviar o material produzido ali, de fotografias a cálculos, à nave do Projeto. Escalou a torre até o ponto mais alto que conseguiu alcançar e instalou o dispositivo emissor que enviaria todos os dados através da frequência oficial da força expedicionária do SEA.

— Diário de pesquisa de campo, planeta Airilam, "Galáxia da Abelha", não catalogada. Território não unificado — disse ao gravador após selar o pacote com a pesquisa completa. — O eixo oscila porque é uma espiral. Seu diâmetro expande e retrai, e ela transita pelos dois sentidos de todos os outros eixos. Sigam com isso. Boa sorte. Doutora Milena Doken, Projeto Airilam, dezoito de maio de 3536, data terrestre.

Se dessem sorte, os cientistas na nave expedicionária receberiam aquele material e dariam prosseguimento à pesquisa. Caso contrário, enquanto houvesse energia, seu legado vagaria pelo Universo até que alguém pudesse ouvi-lo.

O Ser mais Satisfeito do Espaço Sideral

TIAGO RECH

Rodar um táxi no espaço é um negócio complicado.

Primeiro, tem as distâncias. Num planetinha qualquer por aí, você dirige um flutomático por alguns quilômetros, deixa o cliente, procura outro e vida que segue. No espaço, você pilota por anos-luz. Sim, você vai bem mais rápido, mas uma distância incomensurável sempre é uma distância incomensurável. Vez ou outra você é forçado a ativar o autonav e levantar um pouco pra esticar suas pernas/tentáculos/seja lá qual membro você usa pra sustentar seu corpo.

Aí tem aquela gente chata que não gosta quando você liga o sistema automático, porque "a nave tá viajando sozinha" e "você não tá trabalhando", então às vezes nem isso dá pra fazer. Você desliga o autonav, fica sentado por sete horas seguidas e ganha câimbras.

Quer dizer, isso com a maioria dos taxistas espaciais, né? Eu não tenho membros inferiores, logo, câimbras não são um problema. Aliás, eu também não tenho membros superiores. Pra dizer a verdade, sou um orgafructano, uma espécie de vegetal sapiente. Nós usamos telecinese rudimentar pra manejar objetos, pois não temos braços ou pernas. Também usamos propriedades mentais para ver e comer. Não me peça pra explicar, pois eu não sou botânico. Sou taxista.

E os desafios de pilotar um táxi espacial não acabam por aí. Tem mais coisas. As naves-táxi não são muito grandes porque você precisa ser rápido e gastar pouco combustível, às vezes precisa de agilidade pra desviar de campos de asteroides, enfim, muitos motivos pro tamanho reduzido. Então, se você não pode sair da cadeira do piloto, acaba ficando sentado do lado do passageiro. E o problema com isso é a quantidade de maluco no espaço, e você precisa ficar ouvindo o papo deles.

Já teve um hellorano tentando me vender uma lua no quadrante nove. Esses caras vivem uns três mil anos. Todo esse tempo e o cara aplicando golpe barato assim? Triste. Uma vez eu peguei um braciano. Sabia que eles podem dobrar de tamanho de uma hora pra outra dependendo do equilíbrio hormonal nos corpos deles? Eu também não sabia, e descobri quando o cara inflou do nada e destruiu o assento do carona. Aí pra fazer ele desembolsar a grana pros reparos foi outra novela, e eu já não aguento nem as rádio-novelas que os turbo-caminhoneiros gostam de ouvir.

Eu gosto mesmo é de podcast.

Pra ser sincero, eu reclamo aqui e tudo mais, mas nunca tem um dia igual ao outro. E o dia em que eu transportei meu único passageiro humano até hoje foi o mais diferente de todos.

Era um dia bem lento. Eu estava rodando o Cinturão Delta, um anel de asteroides que abriga o Cassino Flutuante — um pedaço em cada asteroide. A galera que sai dali costuma estar: 1) bêbada, 2) quebrada ou 3) ambos. Não são clientes exemplares (essa figura mítica com que todos nós, taxistas, sonhamos todos os dias), mas é gente que quer sair logo dali, e a área tem uma demanda boa. Dá pra ganhar um dinheiro quase bom levando eles pro planeta mais próximo, e com sorte eles estão tão mamados que dormem a viagem toda.

Então, esse cara não se enquadrava em nenhum dos modelos, ele era... bom, era estranho. Não tô querendo julgar pela aparência, mas quando você vê uma espécie nova sempre é um choque. Você acha que tá acostumado com toda sorte de expressão criativa da natureza e, *bam*, olha o que aparece: uma pedra com boca, um ser dimensional cujos órgãos são a única coisa que existem na nossa dimensão ou, nesse caso, um humano.

Humanos são raros nessas bandas. Eles vieram pra cá da galáxia deles uma vez, numa daquelas naves-arca que levam gerações pra chegar e todo mundo é colocado num sono criogênico. Eu testei essa coisa uma vez, num spa que ganhei numa raspadinha. É horrível. Vai ver é por isso que eles não vieram mais depois da primeira leva. Muito trabalho. Ou é só alguma diferença cultural mesmo, sei lá. Também não sou sociólogo.

Ele sentou no banco do carona e olhou pra mim com olhos mecânicos, dois discos reluzentes cravados nas órbitas.

— Você parece uma banana.

Foi assim que eu descobri que parecia uma banana da Terra.

— Cê tem algum problema com isso?

— Se me levar até essas coordenadas aqui, não vou ter problema algum.

Ele me passou um pedaço de papel. Papel, cara. Vai ver é por isso que os humanos não andam por essa galáxia. Porque eles gostam de tecnologia velha. Povo nostálgico.

Eu coloquei a nave pra subir, pra não ficar ocupando o espaço de pouso de outras naves — e também porque tem uns taxistas safados que roubam os clientes. Às vezes o fulano já tá sentado, com o regulador gravitacional do assento ativado, tudo pronto, e vem um rival disparando mensagem visual, dizendo que faz metade do preço. Eu não fico esperando mais não, caio fora logo.

A uma distância segura, o papel flutuou alguns centímetros à minha frente quando eu o "peguei" com telecinese. O que estava escrito nele me deu dor de cabeça, coisa que eu nem sabia que era capaz de ter até então. Belo começo de viagem.

— Que é isso? — eu disse.

— São as coordenadas pra onde eu quero ir. Vamos logo.

— Rapaz, essas coordenadas não existem.

É meio difícil de explicar isso, mas as coordenadas não existiam. Eu piloto táxi há muito tempo e sei dizer direitinho quando uma coordenada é real ou não.

— Olha, isso aqui ficaria pra além da borda da galáxia. Espaço profundo. Certeza que tu não tá indo pruma colônia distante, não? Tipo Eden II, ou Caliostro IV?

— Não. A coordenada é essa.

— Pois ela é impossível! — Eu amassei o papel e joguei na cara do humano. Sim, eu sei, nada profissional, mas eu não suporto gente fazendo piadinha com a minha cara.

Pra minha surpresa, o humano pegou o papel no ar com um braço mecânico, mais ágil do que eu poderia esperar.

Vocês acreditam na gravidade? Eu sei, é uma pergunta tosca, mas tem uns movimentos de gente doida por aí que andam negando esse princípio básico da física. Se você fosse um desses caras e estivesse lá, teria passado a acreditar rapidinho: aqueles discos de vidro que ele tinha no lugar dos olhos tornaram-se tão intensos que eu congelei no meu assento, e o humano exerceu tamanha gravidade que eu não conseguia olhar para mais nada, mesmo nem tendo olhos.

— Pois eu, Bonifácio Bandeira, te digo uma coisa, taxista: essas coordenadas são reais, e você me levará até o local indicado…

Naquele momento, eu soube que não poderia mais voltar atrás, de jeito nenhum. Por conta da presença fantástica que aquele homem exercia no próprio ambiente? Olha, de certa forma, sim. Era um motivo forte.

Não mais forte, porém, que a explosão que engoliu o Cassino Flutuante, lá embaixo nos asteroides.

— …porque eu passei muito perrengue para consegui-las e não vou voltar atrás — concluiu meu novo e forçoso cliente.

Muitas vezes nesse ramo eu já estive irritado, surpreso, contente. Quando você trabalha com pessoas de toda índole e espécie, também acaba passando por todo tipo de estado emocional que se possa imaginar no local de trabalho.

Mas ficar estupefato e aterrorizado enquanto era sequestrado? Isso era novidade até pra mim.

Nem o sistema de navegação aceitou as coordenadas do tal Bandeira, eu tive que colocar elas à mão. Ou à telecinese. Cê entendeu. Por um lado, isso daria mais trabalho pra pilotar a nave até lá, mas, por outro, era mais uma coisa pra tirar a minha cabeça da ideia de estar transportando um terrorista.

Vai ver era por isso que eu nunca via humanos por essas partes. Eles são perigosos demais. E, por falar em ver, aqueles implantes oculares não me deixavam ler a expressão do cara direito. Não que eu fosse um entendedor de humanos — primeira vez que via um —, mas é engraçado como certos sinais se repetem em espécies diferentes. Um hellorano zangado fecha a cara igual a um zambiano irritado. Talvez certas emoções e linguagens sejam universais.

E, pensando bem, eu nem tenho expressões, o que deve deixar todo mundo que viaja comigo meio doido. Eles nem sabem pra que lado eu tô olhando.

Nunca tinha pensado nisso antes.

— Quanto tempo até chegarmos lá? — ele disse, depois de uns trinta minutos de viagem, cortando meus devaneios.

— Bastante. De onde saíram essas coordenadas, afinal?

— Eu ganhei apostando no cassino — ele falou de modo casual, como quem fala da partida de gravitoball do fim da tarde. — Tentaram me engambelar com grana, mas eu fui bastante enfático em receber essa nota.

— Por falar em grana, essa rota é perigosa. Tem adicional de insalubridade. Vai conseguir pagar a corrida, cara? — Eu juro que quase não emendei essa última, mas, como eu disse antes, aquele era um dia lento, e negócios são negócios.

Como resposta, o humano puxou um smartPal, tocou na

interface algumas vezes e, sem brincadeira, transferiu pra minha conta uma quantia que eu não veria em seis meses de trabalho normal.

— Pela minha colônia... essa grana toda veio das apostas também?

— Não — e aí ele sorriu, e eu não sei dizer se estava achando graça no sentido engraçado ou achando graça no sentido sádico. — Isso eu roubei do cassino. Ah, e por favor, não saia da rota planejada. Teremos sérios problemas se o fizer.

Eu acho que fiquei umas duas horas sem dar um pio, só pilotando a nave. Ele tinha uma mochila, e na pressa por pegar um cliente eu nem lembrei de escanear o cara. Podia ter qualquer coisa lá dentro. Uma bomba, sei lá.

Fica de aprendizado pra nunca pular os procedimentos de segurança.

Então me dei conta de que poderia escaneá-lo agora. Meus movimentos telecinéticos são imperceptíveis. Se ele estivesse desarmado, eu poderia tentar resistir. Era a escolha entre talvez morrer na minha própria nave enfrentando um maluco, ou morrer perdido no frio do espaço profundo, procurando uma coordenada inexistente.

Ele estava ocupado demais com os sistemas do copiloto — dos quais se adonou sem pedir autorização, pra ficar vigiando a rota. Quando eu aproveitei a distração para ligar o scanner e apontá-lo para Bonifácio, ele nem percebeu.

Pude ver que muito de seu organismo já fora trocado por peças. Os braços e os olhos eram os mais óbvios, mas vários órgãos eram biônicos, o que me deixava ainda mais cabreiro. Vai que *ele* era uma bomba? Sei lá, cara, sou taxista e paranoico, às vezes. O scanner ainda acusou algo biológico dentro da mochila. Podia ser uma arma. Algum tipo de tecnologia nefasta da qual eu não teria conhecimento — sou taxista, não químico.

E também um covarde. O cara vem entrando assim, na maior, me aponta prum lugar que não existe, e eu vou acatar às ordens dele só porque explodiu um cassino? E porque conseguia exercer ar de comando? Eu acho que não, meu chapa.

Eu decidi que o enxotaria do meu táxi. Daria meia-volta, iria pra estação da sideropolícia mais próxima e eles que se entendessem.

— Esse não é o caminho que eu te pedi pra fazer, senhor motorista — foi a resposta dele ao menor desvio da rota. E a gota d'água pra mim.

— Pois escuta aqui, meu chapa. Eu não gosto dessa sua atitude e não levo criminoso no meu táxi, tá ouvindo?

Ele virou-se para mim, aqueles olhos inexpressivos me fazendo gelar, um calafrio percorrendo meu corpo inteiro e eu fazendo força pra não deixar transparecer.

— Nesse caso, você não me deixa alternativa. Vou alertá-los.

— Do que você tá falando?! — foi o que eu tentei falar, mas a batida na nave foi tão forte que me jogou para fora do assento.

Os firewalls do meu táxi foram burlados e, em um instante, tínhamos dois intrusos na cabine: dois brutamontes de corpos alongados, musculosos e armados com facas e pistolas. Cantarianos. Um deles se enroscou no meu passageiro de índole questionável, arrastando-o para o fundo do veículo. Eu ouvi sons de golpes, coisas sendo derrubadas e quebradas, e pelo menos dois tiros.

Problema dele.

— Vocês chegaram na hora. Me ajudem, aquele humano raptou meu táxi! — eu disse para o outro cantariano, já visualizando minha liberdade e torcendo para que os dólares siderais passados pra minha conta permanecessem lá.

O cantariano me deu um soco tão forte que eu quase cuspi meu recheio, bicho. Minha casca tá marrom até hoje.

— Fica quieto, que tu vai pra vala também.

Eu não tava entendendo mais nada. Eles não estavam contra o tal Bonifácio? Eu não tinha nada a ver com a história. Tentei falar alguma coisa, mas só consegui gaguejar quando o cantariano apontou sua arma pra mim e disparou, cuspindo um jato de chamas. Eu me protegi como pude, tentando desviar as labaredas com minha capacidade telecinética, mas sabia que não aguentaria muito tempo. Seria meu fim, e eu nem sabia o porquê. Serviço de táxi com banana assada.

Mas as labaredas não me atingiram. Entre mim e o fogo estava Bonifácio Bandeira, meu passageiro. O humano deu um grito, avançou pelas chamas e enfiou uma faca no pescoço do cantariano. Seu longo corpo entrou em uma sequência de espasmos que espalharam chamas por todo lado e, com o fiapo de consciência que me restava, eu saltei para o console e ativei o sistema de refrigeramento anti-incêndio. A temperatura caiu para cinco graus celsius negativos, o fogo se apagou, e essa foi a última coisa que eu vi antes de perder os sentidos.

Eu sou taxista, não aventureiro. Meus nervos foram temperados através dos anos para aturar gente chata, não homicida/terrorista.

Despertei na minha cama, no fundo da nave — com frequência é mais fácil passar algumas semanas dormindo no táxi do que voltar pra casa, então eu mantenho um quartinho no fundo do táxi. Tinha um esguicho verde na parede ao meu lado, perto de umas garrafas quebradas, o qual julguei ser um resto da luta entre o humano e um dos cantarianos.

O humano estava sentado ao meu lado, sobre uma caixa. Tinha um cobertor velho nos ombros, sua mochila estava aos seus pés e ele comia algo, uma espécie de ração pastosa bege, embrulhada em plástico orgânico. Não pude deixar de notar que sua pele, apesar de chamuscada, não estava ferida e reluzia sob a luz fraca, como se coberta por escamas microscópicas.

Já tinha visto isso algumas vezes: pele de laboratório para restaurar ferimentos graves. O que tinha acontecido com esse cara, afinal?

— Acordou? — ele disse de repente, e eu dei um salto de surpresa.

— Acordei. Eu acho.

— Ótimo. — Ele levantou. — Vamos seguir viagem.

— Opa, peraí, cara. E os cantarianos?

Ele pareceu considerar minha pergunta por alguns segundos e sentou mais uma vez.

— Eu os ejetei. Espero que não se importe.

Duas pessoas foram mortas no meu táxi. Se eu soubesse explorar isso direito, teria uma mina de ouro nas mãos. Fiz uma nota mental de planejar isso com calma quando meus núcleos cerebrais parassem de querer rachar ao meio.

— Agora que já fez não importa se eu me importo ou não, seu maníaco. Quem eram aqueles caras?

— Capangas do dono disso. — Ele segurava a protopasta em uma mão e o infame papelzinho de coordenadas na outra. — Isso é informação rara. Quase mítica. Eles perderam o domínio sobre ela e agora quem a vê deve morrer. Se desviar o curso mais uma vez, eu os alerto de novo.

— Mas que diabos, pra onde estamos indo, afinal?

— Em termos gerais? Atrás da coisa mais preciosa da galáxia. Agora? A lugar nenhum, até que você levante e assuma o comando.

— E por que *eu* tenho de assumir o comando? Você podia ter me ejetado e ficado com a nave!

— Eu até poderia, mas não seria correto. Além disso, não posso pilotar. Preciso de alguém para isso.

— Por quê?

— Não é óbvio?

Não era. Não entendo esses humanos.

— E por que eu?

— Você foi o primeiro táxi que encontrei. Não imaginei que teria tantos problemas se tivesse dinheiro para pagar a ida.

— Estamos tendo problemas porque você é um terrorista alucinado!

Ele coçou a cabeça e franziu a testa, como se tentando entender. Deu uma mordida na pasta, mastigou com dificuldade e engoliu com esforço.

— Esse negócio tem gosto de serragem — disse.

— Não mude de assunto. Você explodiu o cassino.

— Ah, explodi mesmo. Precisava de uma distração ou teria muito mais gente atrás de nós. Esses mafiosos são muito tenazes. Dessa forma eu consigo alertá-los da nossa presença só quando me convém. Imagino que não queira perder seu táxi.

Mafiosos. Meu esgocelo quase parou de pulsar, mas eu não tive um piripaque, de alguma forma.

— Eu… eu preciso comer algo — disse.

Ele alcançou a protopasta para mim, e eu reconheci o formato do pacote. Era o que ele tinha na mochila. Na agitação toda, eu acabei nem vendo o resultado mostrado pelo scanner.

O que significava…

— Você nem tá armado! — eu disse, "pegando" a comida. Ele pareceu intrigado ao ver os pedaços desaparecendo em pleno ar conforme eu os consumia com minhas ondas cerebrais.

— A única arma que eu tenho é esse troço horroroso. — Ele apontou pra pasta. — É tudo que humanos conseguem comer nesta galáxia.

— Ora, comida é comida. Tudo vira energia do mesmo jeito, então o gosto não importa.

O humano se empertigou como se tivesse levado um tapa. Pela primeira vez dentro do curto espaço de tempo em que tomamos consciência da existência um do outro, ele pareceu ofendido.

— Você não sabe o que fala. Vamos, termine isso e pilote.

— E se eu me recusar?

— Eu nos entrego para os mafiosos.

— Mas aí você morre!

— De fato. A questão é que eu não me importo.

Ele levantou e foi sentar na cadeira do carona, caminhando devagar. Terminei de comer, considerando todas as medidas de segurança a serem tomadas se eu voltasse vivo daquela viagem maldita, levantei e fui para a cabine de comando.

— Não se preocupe, eu vou tirar o sinalizador do sistema assim que chegarmos ao meu destino. Os mafiosos nunca o encontrarão… mas tente qualquer coisa e eu juro, você vai virar banana split.

Olha a audácia desse miserável.

— Você não vai sair disso de mãos vazias — ele disse.

Se eu saísse vivo, já estava de bom tamanho. Com

meu táxi, então? Ô! Sorte das grandes.

Viajamos durante diversos dias, avançando muito e falando pouco. Tentei convencê-lo a tomar o controle da nave algumas vezes (a gente vai parando de pensar direito depois de pilotar por dezoito horas seguidas), mas o humano recusava com veemência, ameaçando revelar nossa posição aos perseguidores. Nesses momentos eu lembrava de meu estado de refém, ainda que meu captor se portasse como um colega a maior parte do tempo. Nada o incomodava, desde que continuássemos em curso.

— Se importa de eu ligar o autonav? — eu disse em algum momento, já de saco cheio daquela cadeira.

— Vá em frente — ele disse.

Incrível que justo o passageiro mais pirado fosse o primeiro a não se importar com o autonav, mas não adiantou de nada: o sistema não reconhecia as coordenadas, então o autonav não ligava.

Se você acredita naquelas coisas de universo consciente e tal, vai concordar que ele estava sendo bem babaca comigo.

O cenário não ajudava a deixar as coisas menos monótonas. Quanto mais avançávamos, menos planetas e ainda menos estrelas pontuavam o caminho. As estações espaciais também rareavam e precisamos comprar combustível extra na última que passamos (com um acréscimo de 75% no preço normal), apenas porque não havia mais estações depois dela e era preciso garantir que não ficaríamos à deriva.

Se ainda estivéssemos vivos pra ficar à deriva.

Uma galáxia é grande. Tão grande que a maioria das espécies não consegue conceber suas dimensões em suas mentes. É por isso que as dividimos em quadrantes, setores, esse tipo de coisa; não é só para a navegação. É para tornar as distâncias um pouco mais compreensíveis, menos assustadoras.

Se a galáxia fosse uma cidade, os quadrantes seriam os

bairros, e a orla da galáxia seria a periferia. A tantos anos-luz de distância, era difícil de descrever o tipo de vida que se levava ali. Desconectada do centro, com suas próprias leis, isolada. Planetas inteiros com apenas vinte mil habitantes sapientes, com quase nenhuma conexão com a extranet. Outros mundos, em todos os sentidos.

Talvez isso não passe de papo de alguém que mora "no centro" como eu, julgando os outros como caipiras, ou talvez fosse só o cansaço falando, mas aquela perspectiva me deu um nó na cabeça. A galáxia é muito grande, e nós estávamos bem na bordinha, onde a civilização mal existia, encarando o abismo eterno do espaço profundo, aquele breu entre galáxias.

As pessoas costumam achar que o espaço é escuro, mas elas não sabem o que é escuridão de verdade até verem o espaço profundo. Nada além dos instrumentos indica o seu avanço. É o nada. A vida abrigada nas naves, separada do frio do vácuo por algumas camadas de titânio, meta-cerâmica e plásticos parece um desafio petulante ao vazio, indo para longe de seu lugar de direito.

Eu não sou filósofo, sou taxista. Mas imaginar que aquele humano atravessou tais distâncias para chegar até ali, deixando uma vida inteira para trás... dava um aperto no tecido parenquimático.

— É aqui. O fim da galáxia — eu disse, e não era hipérbole não. Apenas fato.

— O que os instrumentos dizem?

Para atingir as coordenadas, precisaríamos avançar. Ir além da borda.

— Cara, não tem nada pra lá. É vazio, mais vazio do que essa região aqui, se consegue acreditar nisso. Os radares não indicam nada. Ah! Mentira, eles indicam uma coisa, sim. Um buraco negro, bem onde sua coordenada manda a gente ir. Entendeu agora? Se a gente for até lá, vai morrer. Eles te enganaram, cara. Te mandaram pra morte, é só isso.

Ele ficou em silêncio por alguns minutos e quando falou, sua voz era apenas um fio, rouco e desfiado:

— Não há nada aqui? Nada no nosso caminho?

— Não, cara, isso é o vazio do vazio, ainda mais que a sua cabeça.

Em resposta, ele me jogou pra fora do assento com um soco (outro marrom na minha casca, aqueles braços mecânicos batiam pra valer), assumiu o controle da nave e colocou velocidade máxima pra frente.

Eu vou ser sincero: a essa altura do campeonato, cansado, com sono, com câimbras que eu julgava impossíveis para minha fisiologia e com a nave roubada, eu não tava mais nem aí. Vai lá, mata a gente. Que se exploda. Depois meu fantasma pode te assombrar pelo resto da eternidade por não ter me ouvido.

A nave começou a tremer toda quando nos aproximamos do buraco negro. As luzes de alerta começaram a piscar. Uma parte da nave, no teto, dobrou pra dentro como se fosse uma caixa de plástico. As luzes apagaram.

Era isso. O fim. "Adeus, irmãos de cacho da minha colônia. Gostaria de ter contado essa história pra vocês", pensei.

Aí minha visão se dividiu e eu pude ver coisas. Coisas doidas, cara. Tipo o contorno energético do humano e o meu próprio, uma luz esverdeada. Depois a energia dentro de nossos corpos, azulada. Eu pude ver cada molécula de cada peça da nave em detalhes, um mundo à parte em cada átomo. Eu vi os grandes segredos do universo revelados como cantigas de ninar, mas estes escorregaram pela minha mente como água entre os dedos de uma criança. E não me interessa se você acredita ou não — eu tenho sonhos e pesadelos com isso até hoje.

E aí batemos. O sistema anti-impacto não serviu de droga nenhuma, e sacolejamos por dentro da nave como brinquedos.

— Você está vivo? — disse o humano após passarmos uns bons cinco minutos gemendo de dor.

— É melhor pra você que eu não esteja, seu miserável!

Eu disse isso, mas fiquei bastante feliz de ainda estar vivo. Os monitores e visores da nave estavam todos desligados. Ela faz isso quando sobrecarrega, um sinal de que os sistemas funcionam o suficiente para evitar o desgaste total. Ela voaria mais uma vez depois de algumas horas de descanso. Esse era o lado bom. O lado ruim era não poder ver onde estávamos, com tudo apagado.

O humano estava parado diante da comporta de saída.

— Nós chegamos ao local das coordenadas. Vamos ver como é.

Eu precisei de alguns minutos a mais para me recompor. Como o humano tinha tanta resiliência era um mistério pra mim. Talvez fossem todos aqueles membros e órgãos mecânicos. Eu desfiz as trancas da comporta, ativei o sistema de despressurização e saímos.

A nave tinha aterrissado em uma enorme duna de areia branca, fina e fria, e não fosse por ela, teríamos virado purê. Pura sorte. A duna era estranha, mas não mais que o céu daquele lugar, onde toda tonalidade de azul, púrpura e coral dançava em combinações de cores impossíveis. Luzes magnéticas pulsavam complementando os tons do céu. Eu não sou artista, mas era um espetáculo. Quase valia a pena todo o trabalho de chegar até ali.

O humano também observava, olhando pra cima com dificuldade, com o pescoço torto.

— Muito bonito — eu disse.

— Imagino que sim. Esses olhos não pegam muito bem as cores. Vamos.

— Que lugar é esse, afinal?

Ele desceu a duna sem responder, deixando pegadas fundas por onde passava, enquanto eu flutuava sem deixar um rastro sequer. Estávamos em um tipo de microplaneta ou asteroide geoide, tão pequeno que era possível ver a curvatura do horizonte poucos quilômetros na distância.

Andamos algum tempo sobre grama vermelha até o chão ficar pavimentado, pedras simples formando um tipo de calçada — coisa que eu não via há uns vinte anos. A vida no espaço fazia você esquecer esses toques simpáticos da existência planetária.

No centro da área calçada, iluminada por um único poste de luz saído direto de, sei lá, uns oito séculos atrás, estava uma barraquinha de madeira. Dava pra sentir um cheiro esquisito de longe, que dava fome na mesma medida que embrulhava o sistema digestivo — no meu caso, causando um pouco de tontura.

O humano sentou-se em um banquinho e eu "sentei" ao lado dele. Um ser do outro lado do balcão comandava panelas, fogão, espátulas, massas e todo tipo de coisa dentro da barraca. Ele parecia um humano. Tinha a mesma pele enrugada e os cabelos brancos do Bonifácio, mas seu tom de pele era tão amarelo quanto a minha casca.

— Opa, cheguem mais, a Barraquinha do Jeremias tá aberta. O que vai ser, vovô?

— Eu quero um pastel de rodoviária, lá da Terra — disse o humano, sem hesitar. — E um copo de cana-de-açúcar.

— É pra já. E pra banana, vai ser o quê?

Eu? Eu só como protopasta, vou lá saber o que pedir?

— O que tem no cardápio? — eu disse.

— Tudo.

— Tudo?

— Tudo. Qualquer coisa. O que vai ser?

Tudo é muita coisa.

— Eu quero o mesmo que o dele — disse.

— Fechou!

Jeremias fez um tipo de massa, recheou, fritou em óleo fervente (Bonifácio foi me explicando os passos) e serviu embrulhado em papel (de novo o papel), ao lado de um copo cheio de um líquido marrom de cheiro doce.

— Por que o papel ao redor dessa... dessa comida fica transparente? — eu perguntei.

— É o que deixa gostoso — Bonifácio disse. Se pudesse, acho que ele teria piscado.

Ele mordeu aquele tal de pastel com um contentamento que eu nunca tinha visto na vida. Em nenhum sapiente. E não precisa conhecer as expressões humanas pra entender isso.

Naquele momento, Bonifácio era o ser mais satisfeito do universo.

— Tudo isso por uma refeição? — eu disse. Minha cabeça estava confusa demais pra articular mais do que aquela indagação.

— Eu jamais poderia voltar à Terra — ele disse, bebendo o

líquido. — Eu estou tão velho… não resistiria.

— Você é velho? — eu disse.

— Não percebeu? É por isso que eu não piloto. Não tenho a coordenação.

— Você é o primeiro humano que eu vejo! Como ia saber?

Ele riu.

— Eu tenho 94 anos e mais doenças do que calorias neste pastel. Eu só queria relembrar. Só queria comer o que comi tantas vezes na minha juventude depois dos jogos de futebol. Antes do posto de capitão. Antes das coisas ficarem difíceis e eu vir tentar a sorte aqui, e tudo dar errado… quando a vida era simples. Só mais uma vez… antes de…

Silêncio.

— Antes de o quê? Não me deixa no suspense, pô.

Mas ele deixou. Jamais concluiu a frase. O que eu faria agora? Eu o conhecia havia pouco tempo, mas senti aquele aperto de novo.

Só que mais forte.

— Eu cuido dele — disse o atendente da barraquinha. Ele agora era uma banana, igual a mim. — Sua comida está esfriando.

Pode parecer estranho dizer isso, mas percebi que estava varado de fome. Talvez eu só quisesse tirar a cabeça do corpo vazio ao meu lado, que até poucos segundos atrás tinha sido meu passageiro mais memorável. Talvez meu corpo quisesse me ajudar a processar tudo com uma atividade tão básica, tão… orgânica.

Eu não tenho boca e consumo alimentos através de telecinese. É complicado. Eu sinto sabor, mas não da mesma forma que humanos, eu acho. Eu consumi o pastel e a bebida feita de cana-de-açúcar, seja lá o que for isso. Um bipe no meu smartPal avisou que todos os fundos de Bonifácio tinham sido passados pra mim. Transferência agendada. Eu nem vi.

Tava absorto na comida.

Eu não sou cozinheiro, sou taxista. Eu vivo de lidar com gente, e parte do negócio é absorver suas histórias, sejam elas interessantes, chatas ou insuportáveis. É bem complicado, mas tem lá seu lado divertido.

E por isso mesmo eu digo pra vocês: a última viagem de Bonifácio Bandeira valeu cada segundo.

Julgamento no Espaçoporto Sarajevo

TARCISIO LUCAS HERNANDES PEREIRA

1957, Atmosfera de Júpiter

O Espaçoporto Sarajevo flutuava imóvel na parte superior da turbulenta atmosfera do planeta gasoso. A tecnologia conquistada na guerra de 1914 garantira, desde a chegada dos homens ao planeta gigante em 1929, 8 anos depois do fim do Grande Conflito, que nem mesmo o mais potente anticiclone poderia sequer chacoalhar minimamente a gigantesca estrutura montada, maior que muitas cidades que ainda restavam na Terra, como Nova São Paulo ou mesmo Nova Amsterdam.

Uma vez por mês, o próprio comandante Von Rider comandava passeios turísticos através da grande mancha vermelha do planeta, que parecia nunca parar de atrair turistas dos mais diversos cantos da Paz Galaxial. Pela janela dos corredores que interligavam as diversas regiões da Sarajevo, via-se soldados da Tropa, num ir e vir constante em suas aero-Scooters e emblemáticos uniformes alaranjados, típicos do exército terrestre. Eram conhecidos como "Tropa 22°S", em referência à latitude da mancha vermelha. Dentro do espaçoporto flutuante, o único som que se ouvia era o ruído baixo do conversor de oxigênio, acompanhado de um leve odor de ozônio, que era produzido residualmente em baixíssimas quantidades durante o processo de conversão.

E nesse cenário era possível avistar o famoso herói de guerra James Von Marshall caminhando tranquilamente em direção à sala do Conselho Central, sendo seguido de perto por cinco guardas fortemente armados.

O que não era possível perceber à distância era que, na verdade, os soldados seguravam suas armas de laser de forma tensa, com ordens diretas para agir diante de qualquer movimentação suspeita, e que James Von Marshall, esse simpático homem de 57 anos de idade e também o mais condecorado herói terráqueo de todos os tempos, era, para todos os efeitos, um prisioneiro escoltado, que deveria comparecer frente ao Conselho imediatamente, sob pena de execução em caso de resistência.

Todos respeitavam grandemente o soldado, e era com pesar visível que a escolta cumpria sua missão de conduzi-lo até a sala central. Qual crime ele havia cometido, os guardas desconheciam. E o próprio prisioneiro não fazia a menor ideia do porquê havia sido considerado uma ameaça. Contudo, uma vez que acreditava irrevogavelmente na justiça e na integridade do comandante Von Rider, bem como de todos os outros oito elementos que faziam parte do Conselho de Justiça, mantinha-se calmo, na certeza de que logo todo o engano seria desfeito e ele poderia voltar para seu posto de soldado, que humildemente mantivera mesmo após décadas de insistência para que aceitasse posições mais elevadas dentro da hierarquia. Até mesmo o comando geral de todo exército terrestre lhe fora oferecido, cerca de 15 anos antes, com insistência do próprio Von Rider, mas James Von Marshall declinara, dizendo que apenas fizera o que fora preciso ser feito e que isso de forma alguma o tornava um herói ou algum tipo de símbolo.

Ao passar, algemado (o guarda que o algemara pedira, com os olhos lacrimejantes e mãos trêmulas, infinitas desculpas enquanto colocava o objeto em James), pelo largo corredor de cores fortes, cheiro de eucalipto e várias cadeiras e mesas de cantos arredondados e pés palito, James Von Marshall pensava em tudo que passara até aquele momento, como se fossem pequenos flashes de sua vida pregressa.

Viu-se jovem, em 1912, na Inglaterra, brincando despreocupado com seus irmãos Michael e Jenna. Logo depois, viu-se em junho de 1914, quando as naves arctrisianas chegaram aos milhares e o conflito terrestre entre nações que se desenhava no horizonte (e que muitos já prediziam se tratar da "Grande Guerra" que se iniciaria, para acabar com todas as guerras) interrompeu-se, sobrando apenas a opção de deixarem de lado as diferenças para lutarem unidos contra a ameaça alienígena.

Viu-se de novo em 1916, quando Londres fora destruída, bem como todas as outras dezessete maiores cidades do mundo. Lembrou-se de seus irmãos com pesar e saudade. Relembrou o cheiro da fumaça, das cinzas e dos corpos carbonizados. Por fim, reviveu aquele momento em 1921 quando, já membro do exército da Resistência Terrestre, que havia se aliado a outras quatro civilizações do espaço exterior, conseguiu adentrar sozinho a nave-mãe arctrisiana e, depois de muitas situações que nunca soube explicar como conseguira sobreviver, capturou e levou à justiça Kraag Druma (esse era o mais próximo que a estrutura fonadora humana conseguia chegar do verdadeiro nome do ser), o líder dos invasores. Esse feito já seria, por si só, suficiente para transformar James em uma verdadeira lenda viva. Mas ele fez muito mais que isso ao longo dos anos seguintes, e o nome do soldado virou sinônimo de heroísmo, esperança e coragem, não apenas na Terra, mas também em todos os planetas e civilizações que faziam parte da assim chamada Paz Galaxial — um grupo de espécies inteligentes que tinham em comum a luta contra o império arctrisiano e o compromisso de trocarem ajuda e tecnologia entre seus membros. A organização trouxe avanços nunca imaginados à humanidade e, graças à tecnologia adquirida, poucos anos depois os terrestres já se aventuravam rumo às estrelas e habitavam novos mundos, sendo Júpiter apenas um dos muitos planetas para onde a raça humana havia se espalhado.

Em meio a esses pensamentos, nem percebeu quando chegou à porta da sala do Conselho de Justiça, no fim do corredor. Um dos guardas, pedindo licença ao soldado, deu três batidas rápidas na madeira escura e bem polida. Logo em seguida, um mecanismo gravitacional fez a porta deslizar em silêncio para um dos lados, revelando o interior. Com um gesto sutil, o guarda fez sinal para que James Von Marshall adentrasse, como se fosse um convite, e não uma ordem. Antes de entrar, o herói sentiu uma mão segurar a sua e olhou para o guarda ao seu lado, que disse nervosamente:

— Senhor, eu juro que não queria fazer isso... não tinha a intenção de... — e parou, não contendo a emoção. James Von Marshall lançou um olhar compassivo para o rapaz (que devia ter no máximo uns 23 anos de idade) e, com uma voz extremamente bondosa e tranquila, disse:

— Você não fez nada de errado, meu amigo. Está apenas cumprindo, e muito bem, aquilo que deve fazer. Continue assim. Quando isso acabar e o equívoco for desfeito, me procure para tomarmos um cafezinho juntos e rirmos de tudo isso! — e sorriu. Depois, com passos decididos e a cabeça erguida, entrou na sala do Conselho.

A sala do Conselho era um exemplo de organização e asseio. As paredes exibiam as mesmas cores fortes e contrastantes que se viam nos corredores, e as mesas e cadeiras mantinham o estilo retrofuturista (como era chamada essa moda em Nova Paris, onde surgia a grande maioria das tendências modernas). Um cheiro de madeira bem cuidada pairava no ar e, prestando um pouco mais de atenção, era possível ouvir de fundo a canção *Blue Suede Shoes*, deste novo e charmoso cantor chamado Elvis Presley, que estava alcançando um sucesso nunca antes registrado em território terrestre e havia saído em turnê por boa parte dos mundos da Paz Galaxial. James Von Marshall não entendia muito de música, mas achava agradável a voz do cantor.

À sua frente, em um semicírculo, estavam as cadeiras dos nove membros do Conselho, homens e mulheres de grande sabedoria e conhecimento. No centro, dividindo os membros em dois grupos simétricos, estava Gus Von Rider, o comandante superior. James costumava se dirigir ao comandante como "Tom", um apelido carinhoso e partilhado apenas entre o soldado e o líder supremo, e que vinha desde os tempos em que lutaram lado a lado no Grande Conflito. Assim, foi com estranheza e seriedade que James recebeu as palavras do comandante:

— Soldado James Von Marshall, sente-se, por favor, para ouvir as acusações.

O herói assentiu, sentando-se na cadeira que se encontrava logo à sua frente. Ao primeiro contato com o assento, as algemas que prendiam suas mãos desapareceram, convertendo-se novamente em energia residual, que serviria agora para alimentar os retropropulsores da estrutura.

— Acredito que você não saiba por que foi decretada sua detenção, soldado — continuou o comandante Von Rider, que tentava parecer impassível, mas deixava transparecer um certo desconforto em sua voz.

— Comandante, realmente não me foi informado de qual crime eu estou sendo acusado. Gostaria de dizer que acredito estar acontecendo um equívoco. Mas, logicamente, se for constatado que eu, mesmo sem saber, violei alguma lei da Paz Galaxial, me coloco à disposição da justiça, sem resistência alguma.

James Von Marshall falou aquilo de uma forma tranquila, sem qualquer sinal de afetação ou falsa polidez, o que serviu para aumentar a sensação de desconforto não apenas do comandante, mas de todos os outros ali presentes naquele Conselho. O que quer que acontecesse e fosse decidido naquela sala, James aceitaria como sendo o mais correto e justo, sem protestos, e isso era, para todos, algo extremamente nobre. Na verdade, ninguém em qualquer parte da galáxia, esperaria uma atitude diferente daquele ser que era, sem qualquer dúvida, a figura mais emblemática dos mundos conhecidos.

O comandante, limpando a garganta com um som sutil, prosseguiu:

— Pois bem, você tem todo direito de conhecer a natureza da denúncia que o trouxe até esta sala, soldado. Gostaria de dizer que não foi fácil para nenhum de nós... — Olhou para todos os membros do Conselho, que assentiram silenciosamente, e por fim deixou um pouco a postura rígida e impassível que mantivera até agora — ...e principalmente para mim, que já estive ao seu lado em muitas batalhas e missões, e conheço sua bravura, coragem e honra, termos tomado esta decisão. — Fazendo um gesto decidido com seu braço esquerdo, ordenou que lhe trouxessem um tele-visor, uma das mais avançadas tecnologias desenvolvidas dentre os mundos da Paz Galaxial.

James Von Marshall não pôde deixar de demonstrar sua surpresa e espanto ao ouvir que seria trazido um tele-visor. Tratava-se de uma tecnologia extremamente rara e protegida, sendo guardada pelos órgãos supremos de cada planeta da união. Era um dispositivo cujas possibilidades ofertadas eram tão profundas e complexas que mesmo os planetas que detinham essa tecnologia usavam-na com parcimônia e sabedoria. Na verdade, o aparelho era guardado tão secretamente que a maioria dos cidadãos não fazia ideia ao certo para que servia e como funcionava.

O grande herói esqueceu-se completamente, por alguns instantes, a terrível situação pela qual passava e, talvez por conta dessa enorme curiosidade que nutria em relação ao tele-visor, teve aquela que seria, quem sabe, uma das maiores decepções de sua vida.

O objeto foi colocado a poucos metros de James Von Marshall, sendo levado até lá por um guarda forte que trajava o famoso uniforme laranja do exército terrestre. Apesar da cara sisuda e do olhar firme, o guarda evitou encarar o acusado e, na única vez em que seus olhos cruzaram com os do grande herói, viu-se neles vergonha e culpa.

James Von Marshall sempre acreditou que um tele-visor fosse um aparelho pomposo, cheio de fios, válvulas, botões e luzes que piscavam em diferentes momentos. Imaginava ruídos e apitos finos enquanto funcionava. Mesmo sem saber nem nunca ter entendido para que e como funcionava, com certeza não era aquilo que ele esperava.

À sua frente, sobre uma pequena mesa de rodinhas (e os onipresentes pés palito), estava uma pequena caixa de madeira com uma tela de vidro. Não se diferenciava em praticamente nada dos televisores da *Braun* que se encontravam na casa de todos os cidadãos terrestres.

Pensando por um lado semiótico, fazia sentido que um aparelho chamado "tele-visor" fosse parecido com outro, também chamado *televisor*. "Como nunca fiz essa associação antes?", pensou James Von Marshall, achando divertida, apesar de tudo, essa linha de raciocínio.

— Acredito que você saiba como funciona um tele-visor, soldado James — falou o comandante, novamente recomposto e firme.

— Infelizmente não, Tom... digo, comandante Von Rider. Minha mente é a mente de um soldado, pouco dada às complexidades da ciência, ainda mais daquelas que vieram de outros mundos que não o nosso — reconheceu.

— Pois bem. General Savassa, por favor, explique ao acusado como funciona um tele-visor.

General Savassa era uma jovem oficial, a mais jovem a fazer parte do Conselho desde sua fundação em 1923. James Von Marshall sorriu levemente. Lembrava-se de vê-la correndo pelos corredores da Sarajevo, ainda criança, e das mil peças que ela gostava de pregar em quem quer que cruzasse seu caminho.

— Com toda a certeza, comandante Von Rider — disse ela, levantando-se e se aproximando do dispositivo. — Mas antes gostaria de deixar claro, para os membros do Conselho, bem como para o soldado

James Von Marshall, que eu acredito na inocência do acusado e me oponho abertamente a este procedimento.

E, sorrindo para o réu ali sentado — um sorriso repleto da mais sincera admiração e coragem —, ela apertou um grande botão vermelho que se encontrava ao lado do aparelho em questão.

— Pois bem, soldado Marshall... O tele-visor aparenta ser apenas mais um desses aparelhos presentes nas casas das pessoas em nosso planeta natal. Mas não se engane; está aqui aquela que talvez seja a mais complexa tecnologia jamais criada em todos os mundos e representa, sem dúvida, o maior avanço tecnológico da história da humanidade! Nem mesmo os propulsores-repulsores do planeta Ahmadiu, que nos possibilitou singrar o cosmos no final da década de 20, ou os ativadores de rede neurais, conhecidos como a *Brainnet*, se equiparam a isso. Mas como explicar seu funcionamento em termos leigos?

Ela refletiu um pouco, como se buscasse palavras que facilitassem a comunicação, e alguns instantes depois continuou, como se finalmente tivesse encontrado os vocábulos necessários.

— Em última instância, podemos compará-lo com um aparelho televisor comum. O aparelho comum capta sinais, ondas que viajam pelo espaço, e por fim decodificam aquele sinal, aquela transmissão, em imagens, sons e movimentos. O tele-visor, desenvolvido há milhares de anos pelos arctrianos e de quem conquistamos esta tecnologia quando a guerra acabou (graças a esse soldado aqui, diga-se de passagem) — disse ela, apontando para James Von Marshall — trata-se de um dispositivo com o mesmo princípio; ele capta ondas e frequências, e os converte em imagens, sons e movimento, assim como o outro. A diferença, e isso faz toda a diferença, é o tipo de onda que cada aparelho pode captar. O tele-visor capta ondas quânticas — concluiu a general.

James Von Marshall era uma pessoa inteligente, mas sabia que seu conhecimento de física e tecnologia galaxial (como se chamava toda a tecnologia partilhada entre as raças aliadas da galáxia) era limitado devido à complexidade de tudo e, mais que isso, devido ao fato de ser um soldado e ter outras preocupações. Percebendo a confusão do acusado, general Savassa pensou em como tornar tudo ainda mais inteligível.

— Você pode pensar em ondas quânticas como sendo ondas de realidade... toda a realidade possui uma vibração, e esse aparelho aqui tem a capacidade de captar essa vibração e transformá-la em imagens.

Nesse momento, a general apertou outro botão do aparelho. Algumas luzes começaram a piscar, coloridas, aleatoriamente, e em poucos segundos uma imagem se formou na tela do tele-visor. A imagem mostrava a sala do Conselho, vista de algum ponto acima, no exato momento em que estavam ali, participando da reunião.

James Von Marshall se maravilhou ao ver a si mesmo sentado na cadeira, em frente ao Conselho. Olhando para o ponto onde essa imagem estaria sendo gravada, o soldado se surpreendeu ao ver que nenhuma câmera ou gravador existia naquele local.

— Não é uma imagem gravada por câmeras — explicou a general, adivinhando a dúvida do réu. — É uma imagem quântica. Podemos inclusive mudá-la de posição — e, apertando o mesmo botão, a imagem que se formava agora era do ponto de vista do próprio James, como se a câmera estivesse colocada sobre a sua cabeça, inclusive seguindo os movimentos que ele fazia com o pescoço.

— Incrível! — exclamou o acusado, completamente esquecido da situação que o levara até lá.

— Sem dúvida, concordo totalmente — confirmou general Savassa, de forma sincera e sem afetação. — Podemos captar qualquer ponto de nossa galáxia ou mesmo do universo como um todo, nesse exato momento, com um único apertar de botão. — Ao acionar os botões em algumas sequências complexas, as imagens foram mudando, mostrando praias, cidades, os seres acoplasitraplanos, as paisagens lunares de Kaar 7, um buraco negro e uma nave de origem desconhecida acidentada nas praias de Majongnai.

— E não apenas isso. Também captamos distorções quânticas, frequências residuais da onda principal que se formam em… outro lugar, podemos dizer. Em outras palavras, captamos também realidades diferentes que se formam paralelas à nossa.

A imagem da tela mudou ao comando da general, mostrando jornais de 1914 que falavam não de uma invasão arctrisiana, mas de uma guerra entre nações. Imagens de uma segunda guerra, ainda pior que a primeira. E uma grande explosão, acompanhada por um enorme cogumelo radioativo a se projetar do chão até a atmosfera.

— Nessa realidade residual, nunca houve invasão alienígena. A humanidade se ocupou de guerras entre estados e nações, e o pior aconteceu.

O soldado estava atônito e, mais que isso, assustado. Depois de alguns instantes incapaz de formular algum pensamento organizado, ele finalmente conseguiu abrir os lábios.

— As… implicações disso… são gigantescas — afirmou, trêmulo. — Com uma máquina dessas, qualquer noção de liberdade, livre-arbítrio e privacidade simplesmente deixa de existir!

— Se for usada pelas mãos erradas, sim, com certeza — argumentou a general. — Justamente por isso que se trata da tecnologia mais regulada e vigiada da galáxia. Temos um severo controle de…

Nesse instante, o comandante Von Rider rudemente interrompeu a fala da general, mostrando visível irritação.

— General Savassa, não viemos aqui para discutir as leis que regem a tecnologia galaxial. Mostre logo ao soldado o que ele deve ver e vamos prosseguir.

— Sim, senhor! Me desculpe. — Ajustando os botões em uma outra sequência de cliques rápidos, a imagem começou a se distorcer até se transformar em pura estática. A tela ficou assim por cerca de três minutos, em que todos ficaram completamente em silêncio. James Von Marshall sentiu a enorme tensão que se desenhava nos rostos de todos. O que quer que fosse acontecer, seria algo muito sério.

Finalmente, uma imagem começa a se formar.

Todos olharam para a tela.

No início, James Von Marshall mal pôde acreditar no que viu. Após o primeiro minuto, suas pernas ficaram moles, como se tivessem sido retirados todos os seus ossos. Após o terceiro minuto, seu coração disparou além do que ele achava ser possível suportar. Por fim, após cerca de 10 minutos assistindo àquilo, ele desabou em um choro quase incontrolável.

— Não! Isto não é possível! — gritou o soldado, que havia entendido o que acabara de ver. — Vocês têm certeza?

— Infelizmente nossos cálculos estão precisos, James — respondeu o comandante Von Rider, com um tom de pesar em sua voz.

James Von Marshall lançou um olhar suplicante para a general Savassa, que fez um gesto afirmativo com a cabeça.

— Soldado James — disse a general —, os cálculos estão corretos. Eu mesma os chequei dezenas, talvez centenas de vezes. Mas, diferentemente do resto do Conselho, eu me recuso a acreditar. — Agindo por impulso, ela se abaixou e segurou as mãos de James Von Marshall, como em sinal de apoio e ajuda.

Horrorizado, James retirou de forma grosseira as mãos da general das suas.

— Afaste-se! — gritou o soldado, histérico. — Você não percebe? Eles estão certos! Eles definitivamente estão certos! — e, levantando-se com movimentos cambaleantes, se aproximou do resto do Conselho, ajoelhando-se como em uma súplica. — Por que eu ainda estou vivo?! Vocês precisam me matar. Agora! Agora! E vocês sabem disso!

— Cale-se, soldado — vociferou o comandante Von Rider, interrompendo o fluxo sem sentido de balbucios que vinha da boca do soldado Von Marshall. — Você acha que isso não foi sugerido em nossas reuniões? Asseguro-lhe de que foi, e mais de uma vez. Mas as coisas não são tão simples assim.

Um dos integrantes do Conselho, um homem idoso de

cabelos brancos compridos e olhar severo se levantou, como se não pudesse mais se conter:

— E você não acha que, se pudéssemos fazer isso, já não o teríamos eliminado?

— Acalme-se, general Alistar — recomendou o comandante. — A única pessoa autorizada a se dirigir ao réu nesta sala, além de mim, é a general Savassa. Comporte-se de acordo com sua patente!

General Alistar resignou-se, sentando com os olhos baixos, claramente envergonhado.

— Ainda que esteja evidente que você, soldado James Von Marshall, compreendeu aquilo que assistiu pelo tele-visor, nossas leis marciais dizem que devemos deixar claro quais são, exatamente, as acusações. — Para James, a voz do comandante Von Rider cortava como uma navalha. — Por favor, general Savassa, continue.

A general se posicionou outra vez ao lado do equipamento. Com os olhos repletos de piedade cravados em James, ela prosseguiu:

— Eu, como membro-chefe do Centro de Desenvolvimento Tecnológico das Raças Galaxiais, comando um projeto de desenvolvimento das aplicações do tele-visor. Cerca de um mês atrás, fizemos novos... ajustes, por assim dizer. E uma coisa assombrosa começou a acontecer.

James Von Marshall não prestava atenção de fato. Ele sabia o que havia visto, e isso era o bastante.

— Não! — gritou o réu. — Vocês estão perdendo tempo, não precisam explicar nada! Façam o que deve ser feito! Eu não posso continuar vivendo, deem um jeito nisso!

— Já esclarecemos por que não podemos agir dessa forma, James Von Marshall — replicou o comandante. — E pare com isso. Volte a se comportar como o soldado que é!

O réu baixou a cabeça, sem saber o que dizer e muito menos como agir. Após alguns instantes de um silêncio constrangedor, general Savassa continuou:

— Como eu dizia, algo totalmente inesperado aconteceu. Nosso tele-visor começou a captar ondas quânticas... diferentes. Não era a onda principal, e logo percebemos que também não era nenhuma onda residual. Para encurtar a história, descobrimos que estávamos captando ondas quânticas do futuro. Estávamos, sim, isso mesmo, sintonizando o que ia acontecer.

— Muito obrigado, general Savassa. Pode voltar ao seu lugar junto ao Conselho; eu continuo a partir deste ponto — disse o comandante de forma polida. — Foi apenas poucas horas depois dessa descoberta que a general Savassa me procurou, desesperada. As imagens captadas, vindas de algum ponto apenas vinte anos no futuro, mostravam, invariavelmente, aquilo que você mesmo viu, James Von Marshall. Sempre as mesmas imagens, não importando que parte da galáxia nós sintonizássemos. O futuro não será bom. Você viu, claro como água. Haverá uma guerra. Uma grande guerra, que destruirá 90% das civilizações da Paz Galaxial... e de outras galáxias. Será pior que qualquer guerra do passado. Matará mais gente do que todo o império arctrisiano matou antes de você ter aprisionado Kraag Druma. As mortes serão violentas. Haverá tortura, escravidão. Será um inferno, James Von Marshall.

Isso foi demais para James, que deixou-se cair ao chão, incapaz de controlar o próprio corpo. Era uma cena deplorável do homem que chegara ao patamar de maior herói de todos os tempos. Se aproximava a hora do veredicto final.

— Sim, haverá guerra, a mais cruel de todas as guerras — prosseguiu o comandante —, e uma única pessoa estará por trás de tudo isso. Comandando o reino de caos e terror, ordenando matanças e dizimando planetas inteiro. Você, James Von Marshall. Você mesmo viu, com seus próprios olhos.

General Savassa não se conteve nesse momento, levantando-se impacientemente.

— Não podemos condenar um homem por um crime que ele ainda não cometeu! Não há nenhuma lei que nos permita fazer isso!

— Isso já foi votado pelo Conselho, general — gritou o comandante, irritado —, e você foi voto vencido. Aprenda a acatar suas autoridades superiores — e, suspirando, Von Rider se levantou, sabendo que o momento inevitável havia finalmente chegado. — Não, não temos leis para isso, reconhecemos. Mas sabemos que é nosso dever cuidar do rumo que as coisas tomarão se não agirmos. Todos nós concordamos, exceto você, general Savassa. Mas o voto da maioria é o voto do Conselho. E eu já preparei toda a documentação para que você não sofra nenhuma das consequências que serão aplicadas ao resto de nós por agirmos de forma questionável.

Era essa a parte mais difícil. Von Rider tornou-se o comandante supremo do planeta Terra por ter demonstrado uma capacidade de liderança e de decisão impressionantes, mesmo dentre os maiores nomes das forças de defesa. Seu nome era respeitado em toda a Paz , sendo, com toda certeza, o único cuja fama e admiração se comparavam às de James Von Marshall, que ainda se encontrava ao chão, em estado catatônico.

O comandante fez um gesto, e todo o Conselho — até mesmo general Savassa — se levantou.

— Soldado Von Marshall, do planeta Terra, planeta membro da Paz Galaxial, a fim de proteger a paz que foi conquistada com a guerra de 1914 e que perdura até os dias atuais, por favor, coloque-se em pé.

James Von Marshall não se mexeu. Após alguns minutos, o comandante Von Rider fez um gesto e dois membros do Conselho colocaram o réu em pé, segurando-o pelos braços. O comandante se aproximou até ficar a menos de um metro do soldado, proferindo sua sentença:

— Soldado James Von Marshall, por crimes imperdoáveis que você perpetuará no futuro, dentro de vinte anos mais precisamente, e que dizimará 90% da população da galáxia, nós do Conselho condenamos você ao exílio em um local sigiloso, longe daqui, de forma perpétua e irrevogável. — O silêncio dentro daquela sala era quase palpável, rompido apenas pela voz de Von Rider. — Sabemos que isto fere uma boa parte das leis que nós mesmos estabelecemos e criamos. Por conta disso, todos nós concordamos em nos entregarmos para a justiça Galaxial logo após termos a certeza de que você já se encontra no local de exílio, com exceção de general Savassa, que se posicionou contrária a esta decisão e estará livre de qualquer acusação. No local de exílio, você ficará confinado em uma ala de contenção, sendo vigiado todo o tempo por alguns dos guardas mais capacitados da galáxia. Seu transporte até lá partirá dentro de 30 minutos. Nós, do Conselho, fizemos o voto de jamais revelar que lugar é esse. General Savassa, logicamente, não está a par da localização, já que ela poderia optar por tomar alguma atitude estúpida em relação à sua condenação.

Ao término dessas palavras, os membros do Conselho que apoiavam em pé o soldado James Von Marshall começaram a se dirigir até uma das portas laterais, levando — ou melhor, arrastando — o maior herói de guerra que o planeta Terra já conheceu. Ele não opôs qualquer tipo de resistência. Quando estavam atravessando a porta, James Von Marshall parou, olhou para trás, para o comandante Von Rider, e falou, tranquila e pausadamente:

— Vocês estão cometendo um erro. Vocês deveriam me matar.

E, dizendo isso, eles prosseguiram.

Após alguns minutos de um silêncio profundo, os outros membros do Conselho foram saindo, um por um. Comandante Von Rider foi o último a sair, deixando a general Savassa ali, sozinha, perdida em pensamentos.

Uma coisa ela não havia mostrado nem contado para ninguém. Ela havia compilado todas as transmissões que captara do futuro e em uma delas ela havia visto algo peculiar. Ela havia, posteriormente, bloqueado tal frequência, de forma que não pudesse mais ser captada.

A cena do futuro mostrava James Von Marshall, agora senhor da guerra e destruidor da Paz Galaxial, com seus cabelos brancos e postura endurecida, sorrindo sadicamente. E, ao seu lado, com o mesmo sorriso, estava ela, a própria general, comandando com ele o império de terror que se instaurara.

A Prisioneira

RAFAEL FONTOURA

A dupla de gêmeos brutamontes conhecida como Irmãos Tragédia carrega pelos braços uma prisioneira vendada e imobilizada por algemas eletrônicas. Odiavam executar o serviço de sentinela, preferindo as gloriosas lutas nas arenas. Antes de começar nessa vida, trucidavam pobres coitados pelas ruas em busca de uns trocados. O atual patrão dos encrenqueiros, um homem esperto, mostrou-lhes a importância de utilizar essa fúria apenas para melhores ganhos. Bastava apenas deixarem a escolha dos alvos a seu critério e aproveitarem os prazeres da violência lucrativa. O sucesso ensinou o respeito pelas decisões do patrão. Não tardou, no entanto, para sentirem medo. Se existia alguém com reputação na cidade, esse alguém era Duke Vane, um dos Seis Chefes Recicladores.

Seguem a passos largos pelo corredor rochoso, reforçado por chapas de aço parafusadas. Toda a edificação foi fortificada para evitar o desabamento, visto a degradação das eras. Não só a cidade, mas a maioria das construções nas redondezas são assim, relíquias de tempos esquecidos. Por fim, a dupla avança pelo corredor mais largo em direção a uma porta blindada. Um comunicador na parede direita emite uma constante luz esverdeada. Um dos gêmeos aperta um botão vermelho, aguardando até receber uma resposta pelas caixas de som.

— Quem é?

— Greg e Orson. Trouxemos a prisioneira.

O som metálico das trancas libera um ruído incômodo no corredor, mas é o aparelho chamado vitrola o real destruidor de tímpanos. Nunca souberam a razão do chefe adorar aquela porcaria antiga, exceto por um detalhe importante: seu humor influenciava a escolha musical. Quanto melhor fosse a melodia, pior era lidar com o sujeito. Por sorte, o som estava terrível.

Seguem a escadaria de ferro até os aposentos de Duke Vane. A sala é bem iluminada por uma janela de vidro ampla que ocupa toda a parede leste. É decorada por diversos objetos reparados dos lixões de Midnat-1: vasos restaurados com diferentes cacos; dois sofás fabricados com escama de serpentes-das-dunas; uma comprida mesa de ferro com seis cadeiras; e, claro, a odiosa vitrola em pleno funcionamento no fundo da sala. Ao lado do equipamento, um peculiar homem de moicano e implantes biônicos nos olhos — chamativos graças as íris em neon amarelo — saboreia seu almoço sentado frente à escrivaninha. Observando a dupla se aproximar, solta os talheres e limpa os lábios com um lenço.

— Rapazes, esperem do lado de fora. Tenho negócios a tratar com a prisioneira.

Seguindo as orientações, os Irmãos Tragédia colocam a moça sentada em um sofá, sem soltá-la das algemas, mas retiram a venda e a deixam acostumando-se com a claridade. Vane se aproxima lentamente da garota, estudando seu comportamento e fisionomia. Não aparenta mais de vinte anos. Os cabelos curtos em uma inusitada coloração verde-oliva. Os olhos na cor jade. O corpo, esbelto, aparenta flexibilidade por conta dos membros alongados. É uma humana exótica, sem implantes biônicos. Sendo um comerciante de faro aguçado, uma mercadoria desse nível poderia render muito dinheiro se encontrasse o comprador certo. No entanto, Duke Vane mantinha sua reputação por enxergar adiante.

— Espero não se importar por ainda mantê-la presa.

— Já disse que não lembro de nada!

A prisioneira foi encontrada pelos sucateiros de Vane no deserto a nordeste da Cidade Trincada. Seus homens viram fumaça no céu em velocidade de queda constante. Após o impacto, encontraram restos de espaçonave na areia. Por sorte, a maior parte da avaria foi no casco e nas asas. A cabine estava intacta e encontraram a piloto inconsciente. Todo seu equipamento era mais avançado do que qualquer coisa já vista no planeta Adranos. Vane tirou a sorte grande em descobrir uma nova tecnologia.

— Você já tentou escapar diversas vezes. Reprogramou cinco terminais da prisão e controlou remotamente um de nossos articulados de segurança. A historinha de não se lembrar de nada não me convence.

— Isso é problema seu!

— Tente colaborar. Para seu próprio bem, tenho uma proposta interessante. Quer ouvir?

Após um aceno de cabeça, Duke Vane explica sobre a quantidade de bons equipamentos recuperados nas sucatas do deserto e a falta de mão de obra especializada para os reparos. Uma máquina em específico poderia valer uma quantia incalculável, porém é inútil sem a capacidade para restaurá-la.

— Eu respeito talento e aptidão — ele continua. — Outros líderes da cidade a matariam seguindo a lei de fuga. No entanto, sou obrigado a reconhecer suas perícias de engenharia.

— Aonde quer chegar?

— Trabalhe para mim por um tempo. Se o lucro for considerável, garanto sua liberdade e até mesmo devolvo sua nave. Temos um trato?

A garota reflete sobre a proposta.

— Aceito.

— Ótimo! — Duke Vane bate palmas. — Agora me diga seu nome. Pode ser falso, não me importo.

— Lan — ela revela.

— Prazer, Lan. Seja minha amiga e ficaremos ricos.

Satisfeito, Vane chama os Irmãos Tragédia. Retiram as algemas eletrônicas, colocando uma coleira metálica no pescoço da garota — a mesma usada por todos os trabalhadores no complexo. O adorno mostra via software no computador o estado de saúde e localização por GPS de cada empregado. Lan recebe um alojamento particular simples, com cama, armário, uma refeição já posta e um dispositivo com *timer*, informando a hora de trabalho e descanso. Desliza a ponta dos dedos na superfície da coleira metálica, imaginando a situação dos trabalhadores. A vida dura na cidade beneficia os patifes do naipe de Duke Vane. Afinal, quando não se tem nada, o trabalho escravo e sem garantias é a alternativa para colocar comida na mesa.

Na manhã seguinte, Lan é acordada pelos bipes do aparato. Todas as portas do setor de empregados abrem-se ao mesmo tempo. Cada indivíduo deixa a sua sala rumo à próxima jornada de trabalho. Homens armados de rifles, trajando armaduras de placas de aço e capacetes, observam a multidão, guiando-os por função no complexo. Não bastasse a segurança pesada, há câmeras por todos os lados. Lan é escoltada até um grande depósito. Pilhas de sucata — organizadas com placas numeradas — foram erguidas como torres. Diversos guardas fazem o patrulhamento no local, onde não há outros empregados.

— Serei a única neste setor? — pergunta ao guarda da escolta.

— Todas as remessas de sucata já foram organizadas, mas falta engenheiros para os reparos. Se quer a minha opinião, você tirou a sorte grande.

Lan é levada até a pilha de sucata seis. Há uma escrivaninha com uma caixa de ferramentas e objetos cobertos por panos.

— Aqui estão as máquinas para reparo imediato. Ao trabalho!

Com isso, a escolta deixa o local. Lan sorri ao refletir sobre os rumos da missão. As informações de sua irmã sobre Duke Vane foram excelentes. Apesar de esperto, a ganância de um homem pode torná-lo facilmente manipulável. Lan simulou o acidente com sua nave, já prevendo ser encontrada pelos recicladores. Atraindo-os com a qualidade dos equipamentos, precisou apenas mostrar suas habilidades para ser recrutada. Sem perder tempo, a garota retira um por um os tecidos cobrindo os equipamentos: um motor de magnetoplasma de impulso específico variável, classe Atlas-C; um receptor de sinal de ondas UV-38; e uma impressora 3D de armamentos militares leves, geração 4. A última máquina é a mais surpreendente. Sentada em um banco metálico, Lan encontra uma garota jovem, de idade compatível com a sua. Os cabelos loiro-prateados estão presos por tranças. O uniforme branco, de uma ordem militar perdida no tempo, é sujo e rasgado em diversos pontos. No peito, ostenta um brasão de um planeta com seis foguetes saindo de órbita, com a sigla U.T.E.P. Seria difícil considerá-la uma máquina se não fosse a ausência dos pés e de um dos braços, revelando o cabeamento dos circuitos. Apesar de provavelmente antiga, a máquina está muito preservada. Ela é avançada demais para ser reparada pelos equipamentos locais.

Lan inicia os trabalhos. Com um cortador laser abre a caixa torácica da androide, removendo peças pequenas e complexas. Retira uma gaveta de acesso onde, na anatomia humana, haveria o coração, encontrando o núcleo de energia danificado. Em tese, seria impossível reparar esta unidade, mas não para Lan. Ela faz um corte em seu dedo indicador e gotas de sangue metálico escorrem diretamente nas rachaduras do núcleo. Como se estivesse cicatrizando, o coração da androide se recupera de imediato, brilhando em um azul pálido. Lan remonta a caixa torácica e, com a voz da mente, fala em pensamento:

— *Consegue me ouvir?*

A androide se movimenta como uma boneca de cordas, abrindo os olhos lentamente. Com uma expressão calma, encara Lan nos olhos.

— Inicialização de sistema. Unidade de apoio interestelar da União Terrestre do Espaço Profundo, Pandora. Número de série 5400. Contato com nova espécie humana, desconhecida nos arquivos cósmicos. Idioma não verbal detectado. Comunicação através do compartilhamento de células híbridas organo-sintéticas. Acessando informações de idioma vocal através do DNA.

— *Me chamo Lan, muito prazer.*

— Prazer, sou Pandora. — Lan toca os lábios da androide.

— *Por enquanto, comunique-se em pensamento. Vou tirar você daqui, mas antes preciso garantir sua capacidade de locomoção.*

Lan passa o restante do dia improvisando um par de pés metálicos e um braço para a androide. Enquanto for valorizada por Duke Vane, estará em segurança, tendo tempo suficiente para criar uma estratégia de fuga. Pelas informações dadas por Pandora, parte de seu banco de dados foi danificado; todavia, deve possuir em sua caixa-preta informações necessárias para atingir o objetivo final. Descobrir uma máquina da U.T.E.P é uma pista importante para ganhar a guerra.

Os dias passam com inspeções constantes de Duke Vane no final de cada dia. O humor do criminoso era notável ao encontrar um equipamento perfeitamente reparado a cada visita. Com os resultados satisfatórios, o empregador acreditou nas palavras de Lan ao afirmar o tempo de reprogramação de Pandora.

Após um mês, Lan havia traçado um plano de fuga. Duke Vane mal poderia esperar pelos próximos dias.

Duke Vane está feliz. Os negócios nunca estiveram tão bons quanto agora, graças à Lan. Outrora, pensava em lucrar com a venda da nave e da garota, quando, na verdade, o melhor foi trazê-la para o seu lado. Era esse seu diferencial: pensar adiante. Uma tecnologia exclusiva, vendida, não seria mais sua. Por outro lado, se pudesse descobrir os segredos daquela nave, poderia produzir materiais incríveis, tornando-se o homem mais poderoso do Vale Retorcido. Lan estava obviamente mentindo; ela tinha as informações, mas torturá-la por respostas seria a atitude de um tolo. Todo mundo tem um preço. Ele precisava apenas se mostrar confiável e exemplar. Com promessas de poder e influência, a garota acabaria lhe entregando tudo. Poderia levar tempo, mas Duke Vane triunfaria. Após o segredo ser revelado, talvez eliminasse a garota, dependendo do humor de sua vitrola. Uma nave exclusiva é muito cara para entregar de graça.

Apesar de todos os planos fervilhando em sua cabeça, a noite de hoje é especial na Cidade Trincada. Uma vez por ano ocorre o Festival Anual dos Recicladores. A população entra no clima da festa, financiada pelos seis líderes locais como uma forma de reafirmar seu poder. Além de bancas de comida e bebida, jogos e apostas são tradicionais. O evento mais popular é, sem dúvidas, o Fosso do Ácido, uma arena retangular de rocha cortada flutuando sobre um lago de *vassendum*, uma substância magenta e gosmenta de propriedades corrosivas (popularmente conhecida entre os nativos como “iogurte”). Batalhas até a morte são travadas, usando competidores escravizados ou guerreiros corajosos de todos os cantos de Adranos. Para garantir a segurança da cidade, os líderes unificam suas milícias; soldados armados e pilotos de articulados patrulham a cidade.

Duke Vane se preparou durante um mês, apesar da falta de uma equipe técnica completa. Com a ajuda de Lan, colocou seu avançado articulado, Bellona, em funcionamento, graças ao motor Atlas-C, outrora impossível de ser reparado. Mostraria sua influência com uma máquina sem igual na cidade. Em segundo lugar, o sinal de ondas UV-38 ativaria explosivos na mansão de seu rival, Ron Zik, exatamente no final da festa, às seis da manhã. Por último, os Irmãos Tragédia, seus empregados e campeões da arena, morreriam hoje no confronto. Campeões invictos por três anos, Duke Vane fez um acordo entre os apostadores para trazer um adversário especial para a arena. Não há maneira de Greg e Orson vencerem o atual desafiante. Mesmo perdendo a aposta, o reciclador ganhará uma grana alta por baixo dos panos.

As festividades se mostram as melhores em muitos anos. Já no início da madrugada, a maior parte da população está na arena do Fosso de Ácido ou acompanha ao vivo os jogos nos monitores das casas e bares. Além da diversão, a segurança efetua um trabalho exemplar.

Dois guardas da patrulha dobram uma esquina em sua ronda, observando os articulados de segurança mantendo prontidão em frente ao grande arco metálico — a entrada do Fosso do Ácido. Diferente das máquinas bípedes montadas com sucata, um gigante vermelho de cinco metros, de formas suaves e arredondadas como um corpo feminino armadurado, se destaca entre os demais. Chama a atenção o escudo arredondado em seu braço esquerdo. Há uma crina púrpura semelhante a um rabo de cavalo enorme descendo até o dorso da máquina.

— Então o patrão finalmente conseguiu fazer o articulado funcionar?

— Sim, e escolheu Renver para pilotar.

— Não me surpreende. O cara é bom. Vai ganhar moral na cidade.

Acontece o impensável. O visor purpúreo na face do articulado brilha. Com uma agilidade incompatível com um veículo tão grande, Bellona golpeia a máquina vizinha com o escudo, esmagando-a no chão. A outra máquina tenta apontar o rifle para disparar, mas não reage a tempo. Bellona ativa uma espada de energia com a mão, girando o corpo e cortando o oponente em duas partes sem dificuldade. Os soldados no chão recuam, trêmulos. Uma das sentinelas liga o comunicador de pulso:

— Renver, ficou louco, cara?

— Não fui eu, o articulado está se mexendo sozinho! — A voz desesperada do piloto some na estática.

Bellona investe contra os guardas. Sem chances de fugir, tentam inutilmente usar os braços como escudo. A máquina, no entanto, salta por cima deles, correndo em direção à base de Duke Vane. Eles tentam avisar o comando, mas o sinal de rádio está bloqueado.

Duke Vane, sem desconfiar do acontecimento na

superfície, acompanha as lutas no camarote exclusivo dos Seis Líderes. Com poltronas lado a lado, cada chefe espera ter feito as apostas certas. Duke Vane bebe de uma taça ao lado de Ron Zik, seu rival. Os donos da cidade se desafiam apenas nos bastidores. Esta é a regra do jogo. Um misto de ódio e respeito.

— E então, Ron, como estão as apostas?

— Apostei nos Irmãos Tragédia na final. Três anos invictos, com a promessa de um quarto ano. Ninguém é páreo para os caras.

— Eu poderia pedir que perdessem. Mas, mesmo eu, não poderia ordenar o suicídio de meus homens. Mergulhar no iogurte é o destino dos perdedores.

Ron Zik o observa com a desconfiança de sempre. A regra da morte é obrigatória como uma garantia de não haver trapaças.

— De fato.

Oito metros abaixo, Greg e Orson, os Irmãos Tragédia, encaram o Estivador, um ciborgue de Midnat-1. Campeão das arenas ilegais, estava invicto em seu território. Essa batalha foi muito aguardada entre os entusiastas de luta por toda Adranos e já durava um bom tempo. O parceiro do Estivador, Gaud Chutador, já estava corroendo no ácido há cinco minutos. Muito feridos, os irmãos tentavam uma ação conjunta, circulando o adversário para confundi-lo. A cada ataque contra um dos irmãos, o ciborgue é golpeado nas costelas pelo outro. A batalha se encerra quando o Estivador se desequilibra e cai. A dupla o ergue por uma perna e, com uma manobra giratória, arremessam o adversário no viscoso líquido magenta. O gigante de lata grita em agonia, de braços erguidos, na inútil tentativa de evitar o afogamento. Carne e metal dissolvem enquanto o perdedor afunda na piscina da morte. Os irmãos se abraçam e depois estendem as mãos para a alucinada plateia. Alguns chefes no camarote amaldiçoam o azar, outros sorriem discretamente.

— Aplausos aos Irmãos Tragédia pelo quarto ano invictos! Agora vem a pergunta mais aguardada pela plateia:

deixarão a arena vitoriosos ou enfrentarão o desafiante surpresa, multiplicando os ganhos por seis?

Greg e Orson estão feridos. Já estiveram piores em outras lutas no passado, vencendo sempre. A próxima renderia seis anos de combates.

— Vamos encarar, Orson! — sugere Greg.

— Sei não, irmão, é melhor encerrarmos.

— Vai dar uma de covarde agora? Prometemos nunca abandonar uma luta.

— Irmão, escuto vozes. Tem uma mulher dizendo para não lutarmos.

Greg empurra Orson no chão, cuspindo para o lado.

— Então fica no chão, droga. Não dividirei o prêmio com você.

Greg ergue o punho, confirmando a luta. Orson permanece no chão, estranhamente incomodado.

Duke Vane não gosta do que vê. Os Irmãos Tragédia sempre foram unidos, jamais negando uma boa briga. Orson desistiu da luta e Greg ganhou a admiração da plateia pela demonstração de coragem. O mundo dos apostadores profissionais não veria dessa maneira. O lucro seria menor e Orson pagaria com a vida mais tarde.

A plateia observa em silêncio um drone cargueiro invadir o espaço aéreo do confronto, trazendo uma massiva caixa de aço e largando-a na arena. Greg cerra os punhos quando batidas no interior da caixa deformam o aço. Algo no interior havia despertado. A caixa arrebenta e uma criatura escamada salta para o solo rochoso nas quatro patas. Lembra um misto de lagarto-do-deserto com traços levemente humanoides, embora muito mais agressivo e com um par de asas de couro. Assim como os Irmãos Tragédia, a criatura usa o colar metálico de Duke Vane. Greg, no calor do momento, não repara no fato. Orson, por outro lado, entende a situação, apesar de não ser muito inteligente.

O anunciador da arena narra o evento:

— O adversário surpresa é um raríssimo Nordred de Terceiro Estágio. Outrora um homem, temos diante de nós uma aberração criada pela água contida na carne dos répteis Maridons. Seria um homem páreo para isso?

O Nordred grita, tentando retirar a coleira com as mãos:

— Me ajude. Me solte! — A voz da criatura ecoa, gutural, incomodada demais para se importar com os adversários na arena.

Greg retira da caixa entregue por um drone um rifle laser, com uma enorme serra acoplada como baioneta. Encara o adversário boquiaberto, porém jurou nunca recuar numa luta. Memórias do pai implorando inutilmente pela vida revoltava o lutador. Está furioso por Orson se esquecer do passado. Venceria, dando uma lição no irmão.

— Greg, desista. Aquela coisa vai te matar. Ele não está prestando atenção em nós!

— Cale a boca! Na arena são dois lados desafiantes e apenas um morre.

O brutamontes dispara uma rajada de rifle na direção do Nordred. A criatura sofre poucos danos, mas foi o suficiente para irritá-la ainda mais. Soltando fumaça das narinas, a criatura reptiliana abre a boca, desferindo um sopro esverdeado e de forte odor. Greg é pego na cortina corrosiva. Sem nem mesmo gritar, a luta encerra com uma sopa borbulhante no lugar onde antes havia um competidor. Duke Vane mantém a compostura, embora esteja festejando internamente. Olha para o lado, não enxergando Ron Zik. Sorri, pensando na aposta errada do orgulhoso rival. Ele ficará ainda mais "alegre" quando sua mansão for pelos ares.

Chorando pela morte de Greg, Orson retira um segundo rifle da caixa. Ao tentar carregar o armamento, escuta novamente a voz feminina.

— *Não lute em vão. Seu irmão fez uma escolha. Faça uma melhor.*

Obedecendo às instruções, Orson vê uma bola de fogo em aproximação, vinda do céu. Um articulado de segurança voa em combustão. Nos céus da arena, uma máquina humanoide avermelhada paira em meio à fumaça. Duke Vane ergue-se da poltrona, cerrando os punhos.

— Bellona? O que faz aqui?

— Vocês, criminosos da Cidade Trincada, dedicaram toda

uma vida a saquear inocentes nas areias deste mundo morto. Estão satisfeitos com isso? Vivem sob domínio de um povo observando dos céus. Ao invés de se unirem, trazem sofrimento aos seus semelhantes. Por isso, nós da Sarpedon existimos, por um mundo melhor!

Duke Vane reconhece a voz do piloto.

— Lan! — grita o criminoso a plenos pulmões.

Em um instante tudo ficou claro. Lan era infiltrada do grupo antiterrorista Sarpedon. Fingiu ser uma prisioneira para buscar alguma mercadoria valiosa. O que poderia existir que seria mais precioso que sua nave? A Bellona? Sem dúvida, uma máquina incrível. Por outro lado, existia algo ainda mais valioso: a androide. Nenhum engenheiro conseguiu fazê-la funcionar. Lan era boa o suficiente para tornar possível. Foi a primeira máquina reparada, e ela mentiu sobre a ativação. Para que serve a androide?

Duke Vane odeia não estar no controle da situação. Do bolso de seu casaco, retira um dispositivo cilíndrico: um sistema de autodestruição dos colares. O dispositivo foi criado para garantir lealdade absoluta. Detonava a qualquer tentativa de removê-lo. Lan é boa, mas não o bastante para desativar um colar de segurança tão sensível. Todos seus empregados morreriam, infelizmente. Duke Vane não se arrependeria, precisando apenas recomeçar.

— Não foi esperta o bastante, Lan. O colar é mais do que um GPS.

— Sim, é também uma bomba. Tente detoná-la!

Duke Vane aperta o botão, ouvindo uma explosão na direção contrária da prevista, muito mais sonora do que deveria ser. Por fim compreendeu.

— Você não...

— Sim, modifiquei o receptor de sinal de ondas UV-38 usando a Pandora, um computador muito mais avançado, para reprogramar as bombas de seu arsenal. Encontramos a frequência do detonador com os sensores das câmeras de vigilância, tornando-o padrão. Acompanhei cada passo seu neste mês através da minha nova amiga. A esta hora, sua base é uma nova pilha de sucata.

Derrotado, Duke Vane arremessa com força o detonador no vidro do camarote. Os demais chefes assistem à cena sem qualquer reação. Em um último lampejo de raciocínio, tudo fica claro para o criminoso. Sarpedon, androides, articulados, os governantes no céu. É tudo muito evidente.

— Eu sei o que você é, Lan. É uma va... — Antes de completar a sentença, o Nordred, agora livre da coleira de segurança, voa com um rasante, cuspindo ácido corrosivo e pressurizado no camarote, derretendo vidro, concreto e metal.

Pairando ao lado de Bellona — o articulado segurando sua coleira —, o ser escamoso curva a cabeça.

— Sarpedon, meu sincero agradecimento.

A criatura levanta voo com suas asas de couro rumo a um destino incerto. A maioria da população abandonou a arena aos tropeços. O caos está instalado na Cidade Trincada — agora fazendo ainda mais jus ao nome.

Bellona sobrevoa o local até uma colina longe da cidade. A nave de Lan, pousada, sai do modo camuflagem. Foi um mês em modo de regeneração; todavia, o caça-garra está perfeitamente funcional novamente. A cabine é aberta, mostrando Pandora no comando.

Lan ajoelha o articulado ao lado, colocando o ferido Orson no chão com uma das mãos.

— A voz que ouvia era sua, Lan?

— Sim, através do colar.

— Por que Greg não escutava?

— Ele escutava. Para ele, o destino dos Irmãos Tragédia era glória ou morte na arena.

— Foi como você disse. Ele fez uma escolha. O que será de mim agora?

Lan reflete por um instante:

— Há uma nova escolha. Seguir seu rumo ou entrar na nave e lutar pela Sarpedon.

Orson não pode acreditar. Em apenas uma noite tudo mudou. Perdeu o irmão e o emprego. Agora, a antiga prisioneira lhe oferece uma nova vida.

Sem pensar muito, Orson sobe a escada da espaçonave. Uma coisa é certa: ele também havia mudado.

Verde e Vermelho

DIEGO MENDONÇA

I

— Pronto, Selma, estou infiltrada. Esse bando de almofadinhas continua acreditando que o universo gira em torno deles, nem perceberam que sou a única zeemeeana garçonete nesta ala do cruzador de gala.

— Não tinha dúvidas de que conseguiria, Diva. Já eu estou tentando comunicação com o cargueiro para fazer a ponte entre o cruzador e nossa tripulação. A Andorinha é uma nave de pequeno porte, então vai levar um tempo pra carregá-la com os tesouros e bugigangas que esse cruzador supostamente tem.

— Não vamos nos arriscar muito, Selma. Três viagens abarrotadas de espólios serão mais que o suficiente para ficarmos estourados de créditos. Seja lá o que tiverem de tesouro, não vamos abusar na dose.

— Diva, aqui é o Pipo. Se não começar a servir e se portar melhor, perder essa malemolência no gingado que eu tanto curto, vai atrair atenção. Enquanto o programa não mapeia as estruturas da nave, você tem que se tornar parte da paisagem. Tem de ser onipresente. Aí não vão estranhar a zeemeeana circulando no cruzador.

— Ele tem razão, Diva — disse Selma. — Você tem que ficar se movendo, caso contrário gera estranheza.

— Deixa comigo. Nem mesmo o azul da nossa raça sendo

muito distinto da cor da pele dos crocodilianos de Thod vai me atrapalhar. Eles são uns idiotas. E antes que eu me esqueça... Posso saber onde você está? Nós dois juntos traríamos mais normalidade para a situação.

— À sua esquerda. — Diva olhou para a esquerda e viu Pipo, o mesmo jeito de idiota, acenando com os quatro dedos da mão canhota. — Vá. Sirva.

Diva então desfilou a esmo entre as fossas aquáticas (reproduzidas artificialmente). Boa de tiro ou não, não adiantaria fazer algo contra aquelas bestas se fosse pega infiltrada ali. Era natural haver diversas espécies intergalácticas em cruzadores de luxo trabalhando como garçons e garçonetes, mas estes geralmente correspondiam a espécies servis. Não costumava existir muita miscigenação no espaço. Diva achava curioso como o povo de Selma havia criado uma imagem de colaboração e amizade entre as espécies em seus filmes de ficção espacial. Os zeemeemanos e os terráqueos possuíam características em comum, como a forma humanoide e o sentimentalismo, talvez por isso Selma, uma desgarrada de sua própria espécie, parecia tão feliz. O fato é que, se não estivesse contente entre os zeemmeeanos, teria surtado a dezenove quadrantes da Via Láctea, bem longe do seu planeta natal.

— Mocinha, traga-me esses *shorms*! — chamou um crocodiliano. Diva virou-se com delay. O tradutor auricular criado por Pipo era um aparelho chinfrim.

— Pois não, senhor. — Sorriu e ofereceu a bandeja para o sujeito em sua piscina.

Desconfiado, o crocodiliano esticou a mão e pegou meia dúzia de *shorms*, espécie gourmet de crustáceo, uma criaturinha natural da lua Shorm do planeta Thod. Ele se incomodou com o sorriso de Diva e indagou:

— Por que me mostra os dentes? Está me ameaçando?

— Hã? Ah, não. Os dentes são modo de mostrar que estou contente em servi-lo, senhor — disse Diva, corroendo-se por dentro, amarga por ter que se rebaixar à servidão.

— Hum. Que bom, mas não faça mais isso, ou podem

tomar como afronta. Obrigado pelos *shorms*, estou satisfeito apenas com esses.

Diva fechou o rosto e saiu dali. Sua pele azul, por alguns instantes, atingiu um tom escuro. Estava com raiva. Se havia alguém que não levava desaforo para casa, esse alguém era Diva.

— Nem ouse reclamar — Pipo disse no comunicador. — Somos mamíferos, eles não entendem nossas expressões faciais. Sorrir pode ser o mesmo que arreganhar as presas para um ataque.

Diva continuou andando entre as fossas crocodilianas oferecendo *shorms* em uma bandeja, mas com uma ira entalada na garganta.

— Eu não posso sorrir, mas olha a cara desses idiotas… "Shorms, senhora?" — A crocodiliana aceitou e, depois disso, Diva continuou circulando e reclamando para Pipo: — Esses imbecis têm os dentes escapando para fora do focinho, nem tentam esconder. E sou eu que sou a hostil?

— Shhhh! Sim, está sendo hostil. "Shorms, senhor? De nada." Diva, baixa a bola. A gente está aqui matando tempo, não extrapola. O programa está em 80%, aguenta mais um pouco. Depois deste roubo vamos contar os créditos, ir para um bar entornar licor de Alpha Centauri e comer o quanto de frango terráqueo quisermos. Só aguenta, por favor.

— Fácil dizer quando não está com os glúteos tomando ventinho nesta saia minúscula. Malditos trajes sexistas. Quem foi o gênio que teve essa ideia?

— Fui eu — disse Pipo. — Por que acha que escolhi vestir o uniforme de garçons crocodilianos?

— Cara, você não presta. Tudo isso para ver minha bunda. Que desagradável. Selma, ouviu isso?

— Eu não sei de nada, estou na minha aqui, vocês que são zeemeeanos que se entendam. Até porque, mostrar a bunda no meu planeta não é grande tabu, existe uma coisa chamada biquíni fio-dental; o livre-arbítrio existe, logo, se usa é porque quer.

— Ah, achei que ia ficar do meu lado, valeu. "Shorm, senhora? De nada."

— Eu estaria do seu lado se soubesse que não é teatrinho. Você adora que o Pipo fique te dando atenção. Por mais nojento e descarado que ele seja.

— Ela não resiste aos meus encantos, Selma. Modéstia à parte, o Pipão aqui entende das coisas

— Está bem, pombinhos, estou me aproximando em camuflagem. Assim que desativarem o raio de detecção de espaçonaves, eu entro na posição que me indicarem.

A bandeja de Diva se esvaziou e ela precisou voltar à cozinha para pegar uma cheia. Saindo novamente para o salão das piscinas dos crocodilos, perguntou:

— A que altura anda o mapeamento da nave, Pipo?

— Não falta muito. "Shorm, senhor? Que nada, estou aqui para isso." Está em 96% do processo, mas, mesmo depois de 100% mapeado, vou ter que ver onde está a sala de segurança e o depósito do cruzador. Preciso dar uma porta de descarregamento acessível para Selma usar o raio trator, ou vamos ser pegos no pulo.

— Caramba, Pipo. Achei que isso aqui ia ser mais divertido — disse Diva.

— Você tem assistido muito os filmes terráqueos da Selma, a vida real não é tão frenética assim. E está vendo os filmes errados. Espionagem seria o tema específico para esta missão. Ademais, foi você que veio de enxerida, eu disse que o Gilgar e eu daríamos conta disso tranquilo. Não tenho culpa que mandou ele ficar organizando mercúrio no cargueiro.

— Enxerida? Eu que sou a capitã dos Piratas da Diva. E vejam só, eu sou a Diva, não é curioso? "Ah, Shorm, senhor? Fico feliz em ser útil." Afinal, nem sei o que vamos roubar aqui.

— O que for aproveitável — Selma interveio. — Armas, munições, joias ou comida. Pode ser couro animal, explosivos ou combustível. O que importa é ter produto e matéria-prima rara, aí a gente vende para quem quiser comprar e o faz-me rir cai na conta. Vai dizer que não quer uma *blaster* nova, de megametal com núcleo de quasarcristal?

— Ah, seria um sonho! Não haveria ninguém capaz de aguentar um disparo dessa *blasterzinha*, nem mesmo os trajes de poder da Federação de Justiça Intergaláctica. "Shorm, senhora? De nada." Mas então, e aí Pipo, 100%?

— Sim, 100% agora. Vou ir num ambiente privado para holografar a planta e te mandar via mapa óptico; mas, por enquanto, continue com as bandejas.

— Droga, por que é que o Pipo fica com as partes divertidas?

— Minha mãe sempre dizia que o estudo era importante. Agora a compreendo completamente. Se eu fosse burra, teria que ficar à mercê das sugestões do Pipo — disse Selma.

— Ei! — Diva reclamou. — "Ah, Shorm, senhor? Meu trabalho é ser útil."

— Pronto, Diva; o depósito não é muito longe daqui. Estamos na ala C-3, o depósito está na B-9. Selma, está me ouvindo?

— Estou sim, Pipo, manda a boa.

— A boa é que você vai ter espaço para usar o raio trator na ala da D-1, vou lhe enviar as coordenadas do mapa do cruzador de gala. Ainda assim, espere para entrar na zona de detecção ou o alarme dispara e eu e a Diva viraremos comida de crocodilianos. Vou ter que desativar os escudos e os alarmes dessas áreas e fazer uma reprodução em *looping* para que o cruzador acredite que nada está fora do normal.

— Beleza, campeão. 'Xá comigo!

— Certo, minha linda — disse Pipo para Diva. — Agora é hora de largar essa bandeja de *shorms* e ir para a C-3 limpar caminho até a D-1. Vamos ter que comprimir o máximo de itens que conseguirmos nas cápsulas de nanotransporte e depositar na zona de descarga para Selma levar para o cargueiro.

— Ah, então eu vou poder matar alguém...

— Vai, mas só se for na surdina.

— Aff. Selma, já contatou o Gilgar e os outros no cargueiro? Deixe-os esperando para armazenar os espólios num lugar seguro.

— Já fiz isso, capitã. Estamos esperando a ação de vocês e... Ah, não. Não, não!

— O que houve, Selma?

— Caras, vocês precisam sair daí…

— Hã?

— Um bagulho muito ruim acabou de acontecer, uma coisa terrível!

— Diga-me que não é nada sério, Selma. — Diva preocupou-se. Pipo já estava *hackeando* os comandos da nave com um verme cibernético; a criptografia de um cruzador de gala nunca havia sido tão fácil de se burlar.

— É muito grave?

— O cargueiro… Gilgar… eles…

— Eles o que, Selma? — indagou Pipo.

— O que está acontecendo? — perguntou Diva.

Então a explosão, a despressurização, o pânico. O colossal cruzador de gala se partiu em dois.

II

Não muito antes disso, a oito quadrantes de distância, um crocodiliano de Thod, tão silencioso quanto a sua couraça permitia, havia entrado na nave inimiga. A couraça que utilizava, além de ser pesada, brilhava como um espelho nas luzes aquarianas do terreno inimigo. Seu nome era Rauzek e era o melhor thodiano para efetuar o trabalho, pois era o usuário da gema esverdeada de Thod. A pedra era atraída por sua contraparte, a joia escarlate. Rauzek temia o poder da pedra-irmã e de quem a tivesse em sua posse. As gemas de Thod precisavam de um hospedeiro compatível com sua força para lhe emprestar energia, caso contrário, o tolo que tentasse usar da titânica mágica daquelas pedras sofreria de uma dor insuportável que levaria o mais poderoso dos deuses galácticos ao óbito. Rauzek se perguntava se os akworianos seriam capazes de domar o poder da gema escarlate. E achava que sim, pois eram criaturas superiores aos crocodilos de Thod. Os akworianos ascenderam dos oceanos de suas luas às estrelas e chegaram ao ponto de invadirem Thod para roubar a gema de seu guardião, que era o usuário da esverdeada. Conseguiram tomá-la num ataque surpresa, um furto tão bem efetuado que por pouco não passou despercebido. Não fosse a vibração frenética da gema verde cravejada no peito de Rauzek, o poder simbiótico de muitas eras atrás que então ele portava, não teria dado tempo de se infiltrar na nave-aquário inimiga.

O crocodiliano sentiu a confusão da gema esverdeada trepidar no peito, uma vibração doída e de enlouquecer os sentidos. *Devem estar movendo a gema escarlate pela nave,* pensou, ou (imaginou em horror repentino) estariam sacrificando akworianos para chegar a alguém capaz de portar o poder da pedra furtada. *Não se importam com qual deles ficará o poder da gema escarlate. É crucial apenas que seja um akworiano. Se for peixe, anfíbio, crustáceo, tanto faz.* Com isso, Rauzek apressou o nado naquelas águas estranhas, um habitat replicado às criaturas de Akwor. E era difícil nadar ali — muito —, e a dor entorpecia os seus sentidos. Mover o braço esquerdo era um comando que o cérebro confundia com mover a cauda, e mover a cauda era como mover a perna direita. Não sabia dizer se seria capaz de usar do poder da gema esverdeada nas condições em que se encontrava: estava fraco, com a respiração ofegante e a gema escarlate emitia um poder opressor nunca antes sentido por ele.

Rauzek nunca deixara o poder subir à cabeça. Era, sim, o Deus-Rei de Thod, mas também o guardião daquele povo, pois sabia da ganância que sua gema esverdeada causava em corações impuros. Muitos vieram para tomar o poder da joia escarlate — de lugares distintos da galáxia, quiçá universos e dimensões paralelas —, modo de se fazer mais poderoso que o próprio Rauzek. Por isso, quando forasteiros malignos tentavam roubá-la, precisava estar ao lado do inibidor de poder da gema escarlate, para protegê-la com o poder da esverdeada. Poder este capaz de armar o Deus-Rei dos crocodilianos com força e resistência extraordinária para qualquer criatura rival que se autoproclamasse deus de onde veio. Às vezes, os próprios thodianos tentavam revoluções para tirar a gema da proteção de Rauzek, um ato estapafúrdio que não tolerava dos protegidos; ato que punia com torturas aplicadas publicamente para mostrar aos thodianos o que acontecia se sucumbissem à ganância de seus corações. Então poucos tentavam possuir a escarlate, mas muitos tentavam destituí-lo do cargo de guardião da gema esverdeada. Diziam que ninguém jamais havia pedido segurança a Rauzek, que não era obrigado a estar ali para guardar a gema que nada lhe dizia respeito. Afinal, ele havia se fundido com a verde, a sua pedra era garantida. Por que cobiçar as duas?

— Se está aí é porque tem medo que alguém se torne mais poderoso que você. Não passa de um covarde, "Deus-Rei". Um grande covarde — dissera um tolo que pagara com a vida por ter lhe dito verdades cruas demais. Agora Rauzek estava ali, na nave akworiana, temendo o poder dos forasteiros. Thod, por mais ingrato que fosse, sabia do perigo de ter a gema escarlate roubada, principalmente pelas criaturas de Akwor, inimigos mortais dos crocodilianos. Inimigos que, mesmo não tendo o poder das pedras, já eram perigosos; se o tivessem, que tipo de colônia oprimida se tornaria o arquipélago interplanetário de Thod?

Navegou às sombras de dejetos e algas daquelas águas agridoces. Rauzek sentia-se péssimo por estar num ambiente desfavorável e sem o completo poder de sua gema. Se a gema esverdeada estivesse bem, sem interferência da pedra-irmã, Rauzek poderia simplesmente ignorar a camuflagem e ir direto ao que interessava. Seria um ser onipotente, de couraça impenetrável, ágil, forte. Quebraria a nave-aquário inteira, deixaria os akworianos à deriva no sideral sem remorso algum. Pegaria a gema escarlate dos destroços e voltaria para Thod nadando pelo Vazio por si próprio. Mas era incapaz, e isso o frustrava demasiadamente. Os crocodilianos de Thod eram criaturas conhecidas por seu temperamento explosivo, mas Rauzek era um crocodiliano que exacerbava nesse quesito. Muito ele se aguentava para não fazer loucuras, coisa que só daria razão aos revolucionários de Thod, que diriam ter um rei parvo e inconsequente.

Preciso me apressar, pensou, *ou pode ser mesmo que algum desses peixes desgraçados consiga domar a gema.*

Rauzek navegou tanto a esmo, desviando de visão inimiga, tomando o cuidado de não ser visto, que se perdeu entre os túneis subaquáticos da nave-aquário. Eram caminhos tortuosos que se erguiam para cima e baixo, esquerda e direita, sem nenhum tipo de lógica. E não queria se atrever a respirar naquela água cristalina bizarra, por isso avançou devagar, tomando cuidado para que sua distinta silhueta crocodiliana não fosse vista por um inimigo, além de parar para respirar quando os túneis permitiam um pouco de oxigênio.

Navegou por tanto tempo sem rumo, sentindo o impacto opressor da gema escarlate, que perdeu a razão e tomou rumos ainda mais aleatórios, mas não de todo ruins. Encontrou o núcleo da nave-aquário, uma esfera de energia subaquática que estava envolta de um vitral oblíquo, denso e reforçado, que não quis quebrar por mais força que Rauzek botasse nos punhos.

Mas é certo tirar a nave da rota?

Seria arriscado, mas ponderou ser uma boa escolha. Se não houvesse ninguém naquela nave que estivesse na sintonia da gema escarlate, então seria bom prevenir que a nave-aquário chegasse em Akwor.

Tomou impulso de baixo d'água. Se estivesse em uma superfície com terra ou lodo sob os pés, teria mais firmeza e potência nos golpes. A água diminuía a sua força natural, coisa de que agora dependia muito, já que não podia contar com a gema esverdeada a lhe prover poder. Arremeteu-se em direção do núcleo três vezes só para conseguir trincar o cristal, mais oito vezes para rompê-lo de vez. Tinha os punhos em sangue e os espinhos da cauda tortos de tanto golpear a proteção do núcleo. Ainda assim, achou fácil. Devia haver seguranças ali, alguém para impedir um possível invasor. Talvez estivessem sendo testados um por um para descobrir se entre eles existia um receptáculo para a gema escarlate.

Rauzek enfiou o punho no núcleo da nave-aquário — uma safira-akworiana piramidal — sem medo de se ferir. Puxou-a dali e as luzes vivas da nave simplesmente apagaram. Luzes de emergência acenderam-se e houve um deslocamento abrupto da gema escarlate dentro da nave. Rauzek levou a mão ao centro do peito e sibilou. Saiu de debaixo d'água para respirar oxigênio e percebeu que não havia oxigênio. Rauzek entrou em desespero, pois havia muito estava debaixo d'água sem respirar, um feito e tanto para pulmões crocodilianos. Percebeu que não só a nave começou a morrer com o deslocamento da safira, mas ele próprio também. Mergulhou desesperadamente para retorná-la ao lugar onde devia ficar e apertou tão forte entre as mãos que fê-la trincar e nem percebeu. Quando depositou a safira-akworiana no local de onde não devia tê-la tirado, a nave reacendeu, mas instantaneamente enlouqueceu. Luzes piscavam em amarelo e azul: mau funcionamento, bom funcionamento. Rauzek encarou isso com estupefação. *O que foi que eu fiz?*

Subiu até a margem curta do aquário e respirou com profundidade. *Ah, como é bom o oxigênio!* Era bom, sim, mas ainda se sentia oprimido pelo poder da gema-irmã, esta que, aliás, aproximava-se cada vez mais. Viu de repente, por várias saídas de túnel que davam para o núcleo da nave-aquário, os inimigos o fechando com piques, tridentes e tesourões. Precisaria enfrentar um exército inteiro sozinho em um ambiente desfavorável; queria muito ter o poder da gema esverdeada funcionando perfeitamente, mas não o tinha, não como queria. A gema lhe fortalecia de certo modo, mas não o quanto precisava. A escarlate a oprimia, era a irmã bonita. Aquela que, se pudesse ter escolhido a posse, Rauzek teria escolhido.

Então se fez presente o tolo que portava a gema escarlate. Um peixe morto, mas ao mesmo tempo vivo — a gema controlando as funções motoras. E Rauzek dava graças por isso ter acontecido, pois foi uma quase sintonia, de efeito que matou o hospedeiro, mas a gema não abandonaria a carne sem intervenção externa, porque foi um quase. *Um quase!* Era possível que o cardume inteiro que o rodeava pensasse que o portador da gema escarlate estivesse no controle da gema e não morto, mas Rauzek sabia da verdade, dava para ver nos olhos podres daquele idiota que não estava nada no controle. Rauzek, como um usuário do poder, entendia as gemas. A escarlate só estava ali guiando o peixe morto porque foi atraída pela esverdeada, e isso era muito conveniente. O crocodiliano ignorou todos os inimigos e partiu direto para o peixe morto. Muitos piques, tridentes e tesourões foram arremessados e arremetidos, mas Rauzek tinha uma boa couraça natural e com isso repeliu as investidas. Ademais, os peixes, sapos e crustáceos não eram bons guerreiros. A tecnologia dos akworianos era estupenda. Mesmo Rauzek, um thodiano, admitia isso. Contudo, guerreiros terríveis — lentos, fracos e hesitantes. Coisa que numa batalha não se pode ser de jeito nenhum.

Rauzek, mesmo não estando em seu melhor (até um pouco debilitado) estado, conseguiu envolver o peixe morto no braço — o qual não respondeu ao movimento com violência, só se deixou levar — e fugiu pelo túnel d'água por onde o peixe morto veio. Rauzek terminou o túnel numa sala de comando, uma margem terrosa com tecnologias de bolhas e folhas guiadas por anfíbios claramente desesperados.

Ignoraram Rauzek.

Andou com o peixe morto sob o braço e sentiu uma coisa ainda pior no coração, uma sensação de desamparo e incredulidade. A nave-aquário estava em hipervelocidade descontrolada. Azul, amarelo; azul, amarelo. A nave avançava por gargantas espaciais, deixando rastros de água por cada quadrante que cruzava. Rauzek nada podia fazer que não olhar os sapos e rãs a tentar conter a loucura da nave-aquário, esta que logo deu-se lateralmente com um cargueiro zeemeeano camuflado, atravessou-o e colidiu com um cruzador de gala, dividindo-o em dois e causando uma das maiores tragédias galácticas já vistas na história.

III

A inevitabilidade de ser arremessado no cosmos fez-se presente quando um frio quase instantâneo o acometeu junto à falta de ar. Pipo ativou a roupa de luz-sólida, que lhe serviria como um traje espacial, e foi compelido a derivar pelos destroços do cruzador de gala. Diva fez o mesmo, mas ficou presa em placas de metal. A pressão era forte e gritava agudamente enquanto a explosão subia o corredor e aquecia a chapa como uma grelha. Isso sem contar a força gravitacional que sugava tudo e todos de dentro da nave para o vasto oceano de nada.

Diva gritava, Pipo gritava, Selma gritava, criaturas das mais distintas espécies gritavam ao passar zunindo por Diva antes de ir parar no sideral, mas nem os ladrões nem as vítimas se faziam ouvidas em meio ao caos de destroços e fogo. Contudo, dentre tanta confusão, algo chamou a atenção de Diva: uma gema vermelha imensa, do tamanho de um melão terráqueo, que travou em ferragens a uma distância curta de onde ela estava. Mesmo numa situação extrema, unicamente salva por uma roupa de luz-sólida projetada por Pipo, sentiu a tentação de possuir o objeto. Ademais, não podia sair daquela situação de mãos abanando, não quando Gilgar e o resto da tripulação havia morrido na colisão com a nave-aquário que, depois de ter destroçado o cargueiro, partiu aquele cruzador intergaláctico em dois.

— Diva! Pipo! Cadê vocês? Estão bem? Falem comigo, não me deixem nervosa! Estou bem, estou viva. Onde estão? Digam alguma coisa!

— Selma? Selma!

— Pipo?

— Eu estou bem, mas à deriva. Estou em algum lugar dos destroços. Vai me achar pelo brilho da luz-sólida. E a Diva? Cadê ela?

— Não sei onde ela está…

— Diva, é o Pipo, fala comigo!

As explosões ainda aconteciam, mas Diva ouvia os amigos.

No entanto, estava compenetrada em não ser sugada para o espaço, além de sentir que precisava alcançar a gema, esticar-se, pegá-la e sentir sua força...

Então a tocou com a ponta dos dedos, e a gema vermelha sentiu o contato de uma nova vida. Diva se sentiu forte, poderosa, ao ser engolida pelo poder simbiótico que aquela joia divina lhe proporcionava.

Outra explosão repentina aconteceu e a gema foi arremessada no espaço. Diva encarou a pedra de poder ser sugada para algum ponto indiscernível do Vazio, e o que ficou da sensação de poder foi uma terrível ressaca, uma sensação de algo bom que passou, como um beijo forte do amado, a saudade de um ente querido que morreu. Com isso ela se soltou e deixou-se ir para o Vazio, o que foi uma sábia decisão, pois em não muito o cruzador detonou surdamente e emitiu uma onda propulsora que arremessou tudo e todos para mais longe ainda no espaço sideral.

— Pipo! Pipo! — chamava Selma. — Eu te achei, fica parado, eu te achei! — Usou o raio trator da Andorinha para abduzi-lo, um zeemeeano trajando luz-sólida dentre um apocalipse de ferragens, destroços e muitos e muitos cadáveres.

— Ah, que bom, que bom que me achou... Pensei que fosse morrer, pensei mesmo, Selma. Mas a Diva ainda está por aí, acho que ela morreu. Nossa capitã, nossa tripulação. Todos mortos por causa de um roubo fracassado...

— Eu não estou morta — disse Diva.

— DIVA? — Pipo e Selma gritaram simultaneamente. Pipo já estava dentro da Andorinha em segurança, ao lado da humana.

— Eu encontrei uma coisa especial... uma gema... senti uma coisa... uma força divina tocar meu coração...

— Onde você está, Diva? — Selma perguntou. — Vou te trazer para a Andorinha...

— Não, ainda não. Eu quero a gema, ela está por aqui, eu a quero, ela me quer. Somos perfeitas uma para a outra. Ela me completa, me preenche, me transborda.

Diva então viu a gema, vermelha e divina dentre morte, tragédia e destruição. Em uma roupa de luz-sólida, ela rodava e rodava, via as estrelas a girar. Via o planeta Ogar e as luas Narzothed e Aquizag a sul dos destroços do cruzador de gala.

— Vou até ela, a gema. Está bem ali, eu posso vê-la — disse Diva. — Se eu me esforçar, posso tê-la de novo.

— Escute minha voz, Diva. Sou eu, Pipo. Venha para a luz. Acenda os faróis, Selma. Emita uma luz bem forte. — Selma fez como sugerido. — Está nos vendo, Diva? Venha para a luz.

— A gema, eu quero a gema...

— Não adianta, Pipo, ela está delirando, está obcecada por essa gema...

Diva assustou-se ao observar o crocodiliano imenso parar diante da gema escarlate, um crocodiliano imponente (embora letalmente ferido), tomando-a para si.

— Ela é minha! — Diva propulsou o traje de luz-sólida para cima do crocodiliano. Trombou em escamas e espinhos e rolaram no sideral. A gema escarlate subiu e ricocheteou nos destroços.

— Tola! — disse Rauzek. — Não sabe o que diz nem o que faz. A gema é muito mais poderosa que você, muito mais que eu. Não ouse tocá-la, não ouse ou morrerá.

Rauzek ignorou a zeemeeana e nadou no Vazio para alcançar a gema escarlate. Diva previu o movimento e se dependurou na cauda do crocodiliano, o qual, afrontado pelo toque ousado na parte mais honrosa de sua espécie, decidiu atacar a adversária. Na Andorinha, Pipo avistou o brilho do traje de luz-sólida de Diva na escuridão, também viu o inimigo e a gema. O crocodiliano agarrou fortemente Diva pelo pescoço e ela, indiferente a isso, esticava a mão para obter a gema, embora muito longe para ser alcançada.

— Dispara, Selma, dispara nele! — Pipo esmurrou o painel de comando, modo de se fazer ouvido.

— Não! Se eu disparar nele, posso acertar a Diva!

— O crocodiliano vai matá-la, não podemos só ficar observando!

Selma teve uma ideia.

— Não precisamos ficar olhando...

Pipo não entendeu de imediato o que Selma quis dizer, mas compreendeu quando ela apontou as metralhadoras da Andorinha em direção à gema avermelhada. Diva não parava de dizer que queria a gema, e o estranho crocodilo parecia igualmente interessado no objeto, além de trazer, no centro do peito, outra gema de um brilho bizarro, um tom de verde espectral, que divergia de toda a realidade que estavam acostumados a visualizar.

Selma acionou os disparadores e saraivou a gema com uma rajada de luz branca. Tanto Diva quanto Rauzek assustaram-se ao ver a chuva de energia a golpear a pedra escarlate, mas o que mais se afetou foi o crocodiliano, porque sentiu dor quando a gema sofreu suas lacerações. Sentia a pulsação de dor da escarlate através da esverdeada, como se fosse um dente podre a afetar todos os dentes de uma arcada dentária. Diva viu-se livre do reptiliano e o encarou sofrer a dura agonia de perseguir a gema em destruição; uma dor tão escancarada e tenebrosa que trouxe Diva de volta à realidade, porque se percebeu obcecada por um poder superior. A verdade é que ela se conectou mesmo com a gema, era a sua contraparte perfeita, mas, se no fim do processo de simbiose terminasse como o crocodiliano estava terminando, abdicava daquela riqueza miserável.

Assim, Selma aniquilou a gema escarlate com uma tempestade concentrada de disparos energéticos. Quando uma gema se foi, sua gêmea também partiu. E o portador, aquele que dominava o poder da esverdeada, minguou quando esteve absente do poder de sua joia divina e, por fim, morreu no espaço sideral.

Os disparos cessaram. Diva olhou para a Andorinha e sentiu vontade de chorar. Quase sucumbiu ao pecado, como a tal Eva das histórias bíblicas de Selma sucumbiu ao pomo sagrado. O poder era tão tentador, mas tão corrupto. Quem logo obtém esquece o que um dia foi, os amigos que teve; torna-se um ser aquém da realidade que vivera e se torna uma criatura vivendo em uma vida de castelo de cartas que, em um simples suspiro, pode vir a ruir.

O raio trator abduziu Diva e, assim que se fez presente no interior da Andorinha, Pipo correu até ela para envolvê-la nos braços. Depois, Selma se levantou e abraçou o casal, todos tendo lágrimas nos olhos. Estavam tristes, perderam tudo: os amigos, bens pessoais, a garantia de voltar para casa. Estando onde estavam, não poderiam cruzar nenhum quadrante para retornar a Zeemee ou alguma metrópole que lhes fosse amiga, não quando o Andorinha era uma simples nave de combate a curta distância. O que precisavam era de um núcleo capaz de produzir tração cósmica e, com isso, seguir para onde bem quisessem.

Olharam para Ogar, Narzothed e Aquizag. Os planetas e as suas luas pareciam convidativos para serem explorados. Pipo achou que seria bom começar pelo mais próximo, Narzothed, e Selma apenas fez como o sugerido. Ambos estavam com uma terrível sensação de derrota e perda. Nada ganharam, nada adquiriram. Mas Diva não compartilhava desse sentimento, porque percebeu que o que importava para si eram os seus amigos, e nenhum tesouro poderia substituir isso, tal quanto jamais substituirá a perda de Gilgar e o restante da tripulação.

Podiam, sim, ter perdido bens e vidas, mas ganharam força, carinho e determinação. Então eram fortes, o *power trio* que encheria as galáxias de tormento e risadas. O *power trio* que enfrentou o poder destrutivo das gemas de Thod e sobreviveu para contar a história.

Ælhya

OTÁVIO DEFINSKI

Elhya caminhava na direção da sala de reuniões da irmandade de caçadores, de cujo conselho fazia parte. A decisão do mês seria tomada e as futuras riquezas ou pobrezas da organização, também. Ainda estava escuro; não faltava muito para o sol começar o seu trabalho de doze horas, mas as decisões precisavam ser tomadas antes disso para que as movimentações iniciais fossem feitas, seguindo as regras da confederação galáctica para o deslocamento entre mundos para caçadores.

Passava o dedo por um corrimão enferrujado e o erguia, observando a cor marrom-escura presa na pele, lembrando-se que algum dia sairia daquele local, ou tornar-se-ia a chefe, modificando as normas, as leis e as regras daquela que já fora uma das mais respeitadas irmandades entre todas da confederação.

Chegou em uma porta metálica cerca de dez palmos mais alta que o seu 1,80m de altura. Retirando o capuz da cabeça e ajeitando o cabelo para trás da orelha, abriu os olhos, aguardando o sistema realizar a leitura ótica. Logo em seguida, luzes verdes e azuis dançavam no rosto da caçadora, buscando a constatação no escaneamento da pele. O processo fora concluído com um barulho seco da porta abrindo e o seu rangido metálico ecoou pelo labirinto úmido e escuro da irmandade.

Elhya bagunçou seus cabelos escuros, colocando de volta o capuz; à medida que entrava na sala de reuniões, imaginava como seria diferente se ela estivesse no comando. Detestava a escuridão, pois seus olhos demoravam a adaptar-se ao recinto; sabia, por ter estado naquela sala centenas de vezes, que existiam treze cadeiras dispostas em círculo, finalizando com a cadeira acima de todas as outras: a cadeira da líderança. O cheiro de suor só poderia vir de uma pessoa, a primeira a estar ali antes dela: Zantuin. Na escuridão, o homem era uma sombra. Apenas um vislumbre de dois olhos piscando era o suficiente para a caçadora saber que ele a encarava.

— Salve, Elhya.

— Salve, Zantuin. — Ela sentou-se, torcendo para que a reunião fosse rápida e a enviassem longe o bastante para não ter que sentar por um bom tempo naquele lugar imundo.

Devagar, o restante dos onze caçadores e caçadoras da irmandade chegavam, ocupando seus mesmos lugares, que representavam a família da qual descendiam, ou o lugar ocupado por merecimento nos trabalhos realizados nas caças.

Ela sentia olhares em cima dela, ainda na escuridão, a observando como uma aberração, como um monstro a ser caçado. Acostumou-se tanto a ser discriminada que permitia sua mente viajar para outros lugares, outros mundos, outras pessoas. O que era certo, em sua cabeça, é que nenhum desses que ocupavam os lugares no conselho permaneceriam quando ela conquistasse o posto mais alto.

Zantuin pediu que as luzes fossem acesas, obrigando o conselho da irmandade a fechar seus olhos e os abrirem devagar, até acostumarem-se com a claridade repentina. O líder falou dos problemas enfrentados em outros planetas, inclusive no planeta em que estavam — Talthum 12. Mostrou, através de um aparelho colocado no centro do grande círculo, imagens e notícias sobre monstros, as recompensas e outros tipos de prêmios dados à caça de fugitivos.

Quando Zantuin deixou a missão de maior dificuldade

e deslocamento para Elhya, risadas ganharam a sala de reunião, enchendo os ouvidos da caçadora do tão conhecido escárnio sofrido a vida inteira. Como era esperado, as outras missões começaram a ser distribuídas e as risadas debochadas deram lugar à raiva invejosa. Cada caçador e caçadora queria a melhor missão, que desse a melhor recompensa, e ainda que envolvesse uma viagem curta. Poucos eram caçadores por amor; a maioria se mantinha pela necessidade de obter alimento e moradia, dados pela irmandade.

— Elhya, aproxime-se. — A voz rouca vinha de Zantuin, logo após o término da sessão e das distribuições de missões.

— O que deseja? — Elhya encarava o homem careca, com o rosto repleto de cicatrizes e o único vivo da lendária Batalha dos Vermes.

— Existe outro motivo pelo qual eu a designei para essa missão. Se bem completada, a confederação permitirá que iniciemos outra ordem no planeta Ival. Não é minha intenção permanecer junto a esses caçadores e caçadoras de baixo escalão que têm medo da própria sombra. Em Ival, eu formarei um grupo jamais visto, um grupo de elite. Vejo nos seus olhos que detesta aqui, detesta todos que a tratam como lixo. Detesta, inclusive, a minha liderança. Isso não é problema, aqui ela é fraca, porque minhas mãos estão atadas. O que acha de se tornara líder de Talthum 12? — Elhya sabia com que tipo de homem estava lidando, então ergueu um pouco o queixo, permitindo-o que observasse o desejo em seus olhos. — Ótimo! Era o que eu esperava. Partirá imediatamente; sua nave a espera no hangar, basta apenas que arrume suas coisas. Depois voltamos a conversar.

— Até a volta, Zantuin. — Ela retirou-se, realizando leve reverência.

Elhya retirou o capuz ao sair da sala, permitindo que o restante da irmandade observasse o seu rosto coberto de cicatrizes, queimaduras e orgulho. Por onde passava, as conversas cessavam e os olhares externos a intimidavam como se fosse uma criminosa. Permitiu que destilassem seus venenos uma última vez, antes que ela própria assumisse a liderança.

Sorte que era uma pessoa de poucas regalias e as coisas necessárias para a viagem estavam prontas em pouco tempo. Dirigiu-se para o hangar das naves, o qual ainda estava vazio, somente com as movimentações dos antigos seres meio androides e meio humanos que trabalhavam para a irmandade desde o seu início, presente de Talthum 12 na época. Um desses seres, Kil 12, a recebeu, passando dados relevantes sobre a distância do planeta que teria de visitar, os habitantes locais, a política atual e sobre o monstro a ser caçado.

Já dentro da nave, acomodou seus pertences e equipamentos enquanto lembrava-se da sua vida dentro daquele cubículo e todos os ensinamentos recebidos de seu pai. Dentre todos, o que mais ela utilizava era o da concentração profunda, que a auxiliava a permanecer centrada e calma, mesmo que a situação estivesse um caos à sua volta.

Repetiu o mesmo processo agora; sentando-se em posição de lótus, começou um inspirar e expirar até a sua mente não pensar em nada, pintando um breu total em sua imagem mental. Quando teve a sensação de flutuar no ar, sabia que era o momento certo para a partida, sentou-se no banco que outrora fora de seu genitor e disse:

— Vai dar certo, pai. Falta só uma caça bem-feita e começarei o nosso sonho.

Conferiu, mais uma vez, o estoque do seu armamento, juntamente às munições e carregadores. Também abriu a mala e retirou de dentro uma roupa, uma espécie de macacão, que aderia a qualquer corpo que o vestisse. Tinha uma cor prata e devia ser usada, obrigatoriamente, em contato direto com a pele. Elhya a vestiu, mas sem ativá-la.

Já pronta para a viagem, ela acoplou cada uma das mãos em suportes cilíndricos que davam na altura do joelho da caçadora. Os suportes, igual à roupa, adaptavam-se a qualquer mão que estivesse registrada no sistema da nave, conectando a pessoa à máquina. Elhya sentiu seu corpo vibrar com a troca energética. Através do pensamento, ordenou:

— *Iniciar.*

Logo sentiu um puxão em todo o seu corpo e a nave brilhou com suas luzes verde-esmeralda, contrastando com o cinza-chumbo do restante. Não estava mais só em seus pensamentos: ela e a máquina eram uma só, então o que uma pensasse, a outra também pensaria; se a máquina fosse atingida, Elhya sentiria; se Elhya fosse atingida, a nave sentiria. Controlou a adrenalina inicial e comandou:

— *Ival. Ponto 2.5.*

O local em que devia pousar a nave era o hangar do centro da capital de Ival. Elhya já havia estado naquele planeta em outras duas oportunidades, mas em nenhuma delas conheceu outras partes da cidade que não os exatos pontos de aparecimento dos monstros. Olhava os grandes edifícios com certa admiração. Em Talthum 12 restava pouco dos que existiram antigamente e as construções ainda sobreviventes não passavam dos dez andares, além de suas condições serem precárias. Tão logo desligou sua nave e desfez a conexão mental, sabia que era o momento de ativar a sua roupa especial.

Dizendo uma palavra em língua que poucos sabiam, logo sentiu o macacão prata prender em sua pele como se tivesse pequenos alfinetes por toda sua extensão. A sensação era de que a roupa fazia parte de sua pele e, sem demora, o coração palpitou rápido e sua respiração acelerou por alguns segundos. Tão logo o corpo adaptou-se à conexão celular, ela sabia que o que pensasse a roupa faria. Sem muita demora, ordenou:

— *Membrana atmosférica.*

Ela sentiu a membrana invisível circundar toda a área de sua cabeça, a fim de manter a atmosfera do seu solo natal em qualquer lugar que fosse, sem precisar de algum equipamento para respirar em outros planetas.

Logo em seguida, o robô-carregador a cumprimentou e a conduziu até a área em que teria sua bagagem fiscalizada. Elhya não podia deixar de se sentir pequena dentro do vasto edifício de fiscalização: tão alto que ela era incapaz de enxergar o teto e largo a ponto de não ter visibilidade das paredes laterais. Uma cutucada do robô a fez retornar para a caminhada na direção dos fiscais. Chegando ao local, o ser metálico emitiu leve reverência à recém-chegada, deixando suas bagagens nas esteiras ultrarrápidas, que as levariam para os equipamentos de detecção de armas.

Um ser de pele roxa e com uma pequena tromba no lugar do nariz resmungou alguma coisa para Elhya, que não conseguiu entender uma palavra sequer. Parecia rosnar e cuspir na direção do vidro que os separavam. O outro fiscal ficou apenas observando-a. Ela colocou um pequeno aparelho na orelha direita e o ligou.

— Pronto, agora podem falar — anunciou Elhya.

— Finalmente. Primeira viagem? Turistas, sempre assim. — Os rosnados e cuspidos agora formavam palavras e frases. Ainda que entendesse o que era dito, a maneira como se expressavam era sempre estranha para ela. — Coloque o rosto na tela, por gentileza.

Após a leitura feita pelas luzes da pequena tela, os dois fiscais franziram o cenho para o que apareceu na frente deles. Com a fisionomia séria, um deles aproximou-se do vidro divisor e perguntou:

— Você é macho ou fêmea?

— Meu nome é Elhya, fiscal.

— Sim, claro que é, mas aqui diz que você nasceu um homem, como dizem na sua espécie.

— De onde eu venho isso é possível, fiscal.

— Sabemos disso. A Terra era aquele planeta sem regras que acabou destruído pelo próprio povo nativo. Já pensou nisso, Cin? Bem hilário. — Os fiscais riram com o comentário. Depois de duas ou três piadas sobre a destruição da Terra pelos humanos, liberaram a caçadora para ir diretamente ao local em que o monstro atacou. Indicaram que uma moto voadora estava à disposição no estacionamento D13, no vigésimo quinto andar.

Elhya controlou os impulsos que sempre a dominavam quando falavam mal do seu planeta natal e quando debochavam de sua condição pouco natural na maioria dos mundos do sistema em que vivia. Não queria mudar o corpo em que viera ao mundo, assim como prometeu ao seu pai. Porém, se preciso fosse, para evitar o deboche e as brincadeiras em todo local que ia, talvez pensasse em descumprir a única promessa feita ao seu progenitor.

Chegando ao estacionamento mencionado pelos fiscais, foi conduzida por um robô-guia, responsável por orientar indivíduos dentro daquele andar. Elhya bem que tentou escolher a moto que a conduziria ao local do monstro, mas não era possível — já havia uma moto voadora específica para ela, incapaz de ser trocada.

Ela saiu de lá o quanto antes, irritada pela forma como era tratada e desejosa de finalizar logo o serviço e retornar para o seu novo posto. Não foi de maneira rápida que voou sobre a capital de Ival, aproveitando para apreciar bem o emaranhado de edifícios coloridos e brilhantes, assim como o ir e vir dos carros voadores. Desejava transformar Talthum 12 em algo similar algum dia.

O local do avistamento do monstro era uma região desértica do planeta. O mesmo em que outros ataques aconteceram no passado, com a mesma Elhya resolvendo o mistério e eliminando o causador de mortes: um grande lagarto amarelo, mais alto do que ela e duas vezes mais forte.

Ela sabia existir uma estalagem próxima, mas não pretendia se hospedar ali de novo. A experiência já havia ensinado que, quanto menos contato com outros caçadores e caçadoras, maiores as chances do seu próprio sucesso. Optou por ir ao local do último ataque, próximo a uma pequena vila. Com as viagens de planeta a planeta e do centro da cidade até a região desértica, as duas luas de Ival iniciavam o seu reinado, dando à Elhya a oportunidade para descansar o corpo.

Parou em um lugar distante de olhos observadores, perto de pequenas matas fechadas; pegando um aparelho em sua bagagem, apertou um botão que a fez desaparecer para o mundo, assim como a moto e as duas pequenas malas que carregava consigo.

Acordou ainda com as luas no céu estrelado. Desfez a invisibilidade e carregou alguns objetos ovais em sua mala, assim como uma lâmpada acoplada a um pequeno cinto, que a caçadora colocou na testa para iluminar os seus passos no caminho escuro que tinha pela frente.

Aquele momento da caçada era o que deixava a humana eufórica: caminhar no escuro, podendo encontrar qualquer ser vivo estranho, além de poder dar de cara com a criatura que destroçava corpos, deixando apenas sangue no local das mortes. Ela olhava no holograma feito pelo seu relógio de pulso, que indicava os animais típicos daquela área. Espantando os seres nativos do solo desértico, acoplava objetos redondos na areia, afundando-os levemente, além de apertar três botões, ativando-os antes de serem tapados.

Após os doze instalados, voltou ao local em que deixara a sua moto, mas não a manteve ali; andou um pouco mais à frente, a fim de conseguir observar todas as suas armadilhas e poder enxergar o que os caçadores fariam durante o dia. O monstro da descrição era muito similar ao grande lagarto que ela matara no passado, então suspeitava que o atual atacasse como o anterior, à noite.

Ativando a invisibilidade, riu com os caçadores chegando bem após os primeiros raios dos dois sóis banharem aquela zona de Ival. Conhecia alguns dos presentes: tecanianos, seres de pele verde, chifres e músculos proeminentes; draconianos vermelhos, raça odiada no sistema, mas dona de um poderio bélico capaz de colocar medo até mesmo na Administração Galáctica; primunianos, de estatura baixa e cabeça larga, capazes de matar outros seres somente com o poder da mente. Não gostava da última raça; com as outras duas ela podia brincar à vontade com os jogos das palavras, mas com os primunianos era outra história. Devia falar pouco ou não falar nada e manter a concentração ativa a cada respirar.

Nenhuma raça percebeu as armadilhas feitas pela caçadora e fizeram as suas próprias, assim como caçaram outros animais da região para o alimento do próprio corpo e levantaram os seus acampamentos. Nada aconteceu durante o dia e logo as luas retornavam, trazendo os seus brilhos branco-azulados de volta, assim como o frio da noite.

— *Aumento da temperatura corporal.*

Elhya agradecia ao seu pai a cada caçada por aquele presente único. Até onde sabia, seres procuravam a roupa que usava colada ao corpo. Era um tesouro a ser descoberto, que cada lenda contava estar em algum canto do universo. Viajantes estrelares perdiam-se de sistema em sistema na busca do valioso item. Quem fosse detentor da roupa podia sobreviver em qualquer planeta, destruir qualquer ser e, talvez, dominar cidades, países, mundos.

O frio trazia consigo a possibilidade de caçadores tornarem-se alvo fáceis se não viessem preparados. Tecanianos acenderam suas fogueiras; draconianos deixaram pequenas luzes flutuarem acima de suas cabeças e primunianos se sentaram na escuridão, apenas suas sombras podiam ser vistas por Elhya.

A caçadora recém tirava o binóculo do olho, rindo com as maneiras que seus colegas de profissão realizavam seu trabalho, quando uma das armadilhas acusou uma movimentação de algo com o tamanho e peso similar do monstro a ser caçado. Ligou, rápida, o holograma do seu pulso, constatando que o ser passara por uma das armadilhas. Poucos segundos depois, outras cinco armadilhas também acusaram movimentações. Ao olhar, percebeu que o grande lagarto amarelo passara pelas outras. Era impossível ser o mesmo; afinal, ela colocara cada uma em posições cardeais diferentes. Por mais rápido que se deslocasse, não poderia ser apenas um que houvesse ativado as seis.

Percebeu movimentações próximas aos acampamentos dos outros caçadores e, sem tardar muito, pistolas e metralhadores a laser iniciaram a colorir a escura noite. Usando de novo os binóculos, viu a correria entre os três acampamentos e em seguida ouviu o primeiro grito de dor, depois dois; logo, vários gritos juntavam-se no ar, dançando a música da morte. Gemidos e pedidos de ajuda nas três línguas diferentes ecoavam até os ouvidos da caçadora. Sentiu os pelos do corpo eriçarem-se, da mesma forma que o coração iniciava batimentos acelerados. Controlou-os com os comandos da mente:

— *Controle hormonal. Controle de batimentos cardíacos.*

Mantendo a invisibilidade e a sua observação por meio do binóculo, tornou-se a única plateia presente para ver a morte de alguns caçadores. O que parecia ser um ataque mortal de três seres amarelos, acabou rechaçado pela união das irmandades. Elhya gargalhava com a situação; tecanianos não gostavam de outras espécies, muito menos dela, dita uma aberração até pelos da sua própria irmandade. Gostava de vê-los unidos contra a sua vontade, já que era uma coisa que eles odiavam fazer. Costumavam dizer que trabalhavam melhor sozinhos.

Elhya adormeceu algumas vezes ao longo da noite, sonhando com seres banhados em sangue que imploravam por sua ajuda enquanto ela permanecia imóvel, os olhando com desdém ao serem dilacerados por monstros de diferentes tipos e formas. Acordou assustada, pensando que os sons dos sonhos ainda a perseguiam. Demorou para perceber que as súplicas vinham da realidade. Ao olhar para frente, na direção dos gritos, constatou que os lagartos amarelos atacavam de novo.

— Chegou a minha hora — falou em voz alta e arrumou algumas pistolas, granadas e a metralhadora presa em seu tronco.

Cerca de seis tecanianos atiravam a esmo com suas armas, pois não conseguiam enxergar um palmo à frente; draconianos gritavam e disparavam suas armas elétricas no meio da escuridão sem fim; primunianos concentravam-se e ativavam seus lança-chamas na direção em que a mente os guiava.

Um clarão se fez no céu; em questão de três segundos, a noite virou dia e os quatro lagartos gigantes foram vistos pela primeira vez, caminhando em duas patas e desviando das armas com enorme facilidade. O pavor tomou conta dos caçadores ao olharem aquelas aberrações lutarem na noite como se fosse dia. Sentiram ainda mais pavor pela movimentação fora do comum de um ser que pulou à frente da fileira deles, disparando armas a laser, de plasma e granadas. Assim que a luz forte se desfez, a escuridão retornou e de algum ponto dela puderam ouvir, com os aparelhos plugados em suas orelhas, uma voz humana dizer:

— Venham, me sigam. Vamos matá-los.

Primunianos estagnaram, refletindo sobre os rápidos acontecimentos; draconianos lançaram luzes adiante para se assegurarem que não havia nenhum monstro ali; tecanianos correram na direção da voz, enlouquecidos por alguém ter rechaçado os lagartos e não eles. Todos seguiram a voz humana, no fim das contas. Valia mais ficarem unidos do que separados.

Era possível enxergar os primeiros raios solares banhando o deserto de Ival, assim como uma estranha luta à frente. Pararam, abismados com o que viam: uma humana lutando com duas facas contra um dos grandes lagartos amarelos. Sem moverem um músculo sequer, aguardavam o desfecho daquele embate. De forma inexplicável, como tudo o que acontecera até então, a humana cravou a adaga na cabeça da criatura. Silêncio; nenhum outro movimento, uivo ou sibilar.

— Como? — Um dos tecanianos aproximava-se da cena encarando a ofegante Elhya.

— Como o quê?

— Como é possível que uma humana possa ter enfrentando um monstro desses sem ser destroçada? Vocês da sua espécie são fracos.

— Deve ser as armas que usa, só pode. Queremos vê-las. — Um draconiano vermelho entrou na conversa. Em seu rosto era visível a marca de sangue que ia da testa até a bochecha.

— Fique parado aí mesmo, draco. — Elhya apontou uma de suas pistolas para o indivíduo que caminhava na sua direção.

— Ou ela sabe trabalhar o poder da mente, como nós. — O primuniano que falou mexia seus grandes olhos amarelos de forma estranha.

— *Proteção mental.*

Elhya sentia que tentavam invadir a sua mente; queriam desvendar os segredos que ela escondia, mas a proteção de sua roupa repeliu o forte ataque mental.

— Você é Elhya, a aberração — um dos tecanianos disse, aproximando-se da humana.

— Eu dispenso "a aberração", tecaniano. — Elhya apontou, com a outra mão, outra pistola. Estava encurralada, mas não podia permitir que a vistoriassem. — Esse que eu matei é meu. Ainda existem três deles. Um para cada um de vocês. Assim podemos pegar as recompensas juntos. Como devem saber, um ciclo atrás eu cacei um desses bem aqui, nesta região. Devia haver filhotes. Eu sei como chegar neles, ainda mais com o rastro de sangue deixado até a sua toca. Querem uma parceria ou não?

— Por que você iria querer uma parceria, aberração, se já tem o prêmio aos seus pés?

— Porque, cabeçudo, imagino que não me deixarão sair com o corpo até vocês estarem com os seus. Para evitar um banho de sangue entre nós, prefiro que matem o resto desses monstros.

— Eu não esqueci que muitos caçadores tecanianos morreram em várias missões enquanto você permaneceu viva, aberração. Acho muito estranho, e eu não esquecerei disso, nunca. No nosso planeta, seres iguais a você são excluídos, mortos ou escondem-se por conta própria.

— Que bom que no mundo em que eu vivo posso ser quem eu quero e não preciso morrer para isso. Afaste-se. — Elhya deu um disparo para cima.

— Chega! — O mesmo primuniano que tentou entrar na mente da humana agora a defendia. — Vamos nos unir, como fizemos antes do último ataque. A única solução que temos é aceitar a ajuda da humana, que foi quem conseguiu matar um deles. Depois, podemos falar com as irmandades e pedir investigação sobre os atos dela em suas caçadas.

— Estamos de acordo — disse o chefe dos draconianos vermelhos após um longo período de silêncio. Foi seguido pelo tecaniano próximo à Elhya, que apenas acenou com a cabeça.

Com os ânimos tranquilizados (por ora), aceitaram a sugestão da humana: ela iria na frente, seguindo o rastro deixado pelos feridos até a toca em que viviam. Parando de tempos em tempos, analisando o sangue deixado no solo, conseguiu levá-los até aberturas feitas no solo. Eram buracos que cabiam quatro tecanianos sem problema algum.

Elhya sabia que devia ser minuciosa nesse momento, pois qualquer erro poderia acarretar sua morte. A estratégia utilizada nessa caçada não seria mais seguida. Ela estava muito conhecida e seus feitos, fossem para o lado ruim ou bom, também. Quanto mais soubessem quem era, mais suspeitas tinham.

Ao sinal da caçadora, apontaram suas armas para dois buracos indicados, enquanto a humana lançava granadas nos outros dois restantes. A explosão balançou o solo, movimentando uma porção de areia, impedindo a visão das quatro saídas. Tão logo o vento carregou os grãos de areia do solo, quatro lagartos amarelos encaravam o grupo de caçadores.

— Atirem! — ordenou Elhya e, mentalmente, acrescentou: — *Proteção* completa.

Todos atiravam contra as criaturas, que desviavam com sua velocidade além do normal. Alguns disparos tiveram seus alvos atingidos, mas parecia pouco para impedir o avanço dos lagartos sobre eles. Um a um, as gargantas dos caçadores eram rasgadas, assim como suas pernas e braços. Elhya observava a queda de diversos, enquanto ela atingia seus alvos inúmeras vezes, sem conseguir pará-los, no entanto. Quando se deu conta, havia somente o líder primuniano ao seu lado e um grande lagarto investindo contra ele. Ao redor da dupla caçadora sobrevivente, não quatro, mas sete monstros amarelos observavam os ataques finais, ofegantes e ensanguentados.

Um grito foi dado pelo primuniano e sua mão estendia-se à frente, espalmada. O lagarto amarelo estancou onde estava, impedido de avançar, mesmo sendo visível que tentava de tudo para mexer alguma musculatura. Suas veias saltavam e seus olhos vermelhos movimentavam-se rápidos, sem descanso. Através de outro grito do caçador, a cabeça da criatura amarela foi torcida e ele caiu morto, com o pescoço quebrado. O primuniano caiu de joelhos no solo arenoso, extremamente cansado.

— Ótimo, agora basta controlar a mente de todos os outros. — Tão logo acabara de falar, Elhya sentiu a sua própria mente sendo invadida e uma outra voz conversar com ela.

— *Eu sei quem você é. Eu sei o que você esconde.*

Ela não podia suportar o controle mental exercido. Nunca havia se sentido tão desprotegida quanto agora. Ouviu a voz dizer, dentro da sua mente:

— *Desligamento completo.*

Uma facada nas costas, próxima à região do coração. Elhya caiu de joelhos, tentando puxar o ar para dentro do corpo; mas, quanto mais puxava, menos ar entrava. Por fim, deitou de lado, morrendo com um peixe fora d'água. Conseguiu ouvir a breve conversa entre o primuniano e o líder dos lagartos.

— Eu conheço o segredo, conheço o pacto. Reivindico o lugar dela como aliada dos monstros.

— Eu aceito. — O timbre do alfa dos lagartos era agudo e longo.

As mãos do gigante amarelo e do primuniano estavam apertadas e os dois preparavam-se para o pacto de sangue quando um disparo a laser atravessou o corpo do primuniano e outro disparo acertou em cheio o coração do gigante amarelo.

Elhya, em pé, parada na mesma posição de quando o tiro fora disparado, sentia o seu corpo voltar à vida, regenerar-se da facada quase mortal e o sangue fluir por toda a sua musculatura. Viva — sentia-se viva de novo. Também ouviu os rosnados e o lamento da companheira do alfa morto.

A humana, conhecendo a cadeia de liderança dos lagartos e vendo todos os seis feridos e cansados, anunciou na língua dos monstros:

— Bem sabem que, se me enfrentarem agora, morrerão. Bem sabem o que eu carrego no corpo. Bem sabem que tanto o meu pai como eu respeitamos vocês e os mantivemos alimentados por ciclos. Reivindico agora uma nova liderança para que um novo pacto seja feito comigo. Não considero ninguém um alfa digno. Quem sobreviver, ganhará o título.

Elhya deu bons passos para trás enquanto observava a luta feroz e descomunal entre os seis restantes. Peles eram rasgadas por unhas do tamanho de adagas e golpes eram dados com os rabos que pareciam chicotes. Ao passo de minutos, um se sobressaiu entre os seis. O único sobrevivente, com seus olhos em pura raiva. O próprio mal se mantinha em pé. Caminhou para próximo da humana, de cabeça baixa, como quem caminha de encontro a alguém muito respeitado. A caçadora aguardou ele parar e disparou um tiro único no centro de sua testa.

— Vocês não são confiáveis e eu serei líder da irmandade daqui para frente. Não preciso mais de pactos — Elhya falava com ela mesma, já que não existia ninguém vivo em muitos quilômetros de distância.

A humana cortou quatro cabeças dos lagartos — eram a prova para quem requisitou a missão — e as dividiu em dois sacos. Amarrou os tornozelos das lideranças tecanianas e draconianas, mas pegou um dos primunianos subalternos. Afinal, o líder havia sido morto por ela com sua arma laser e isso seria reconhecido. Prendeu os três na parte traseira da moto voadora, colocando uma lona embaixo dos seus corpos. O resto dos mortos, os amontou em várias pilhas e ateou fogo em seus corpos. Os buracos que davam acesso aos ninhos dos grandes lagartos foram derrubados com as granadas.

— Falta pouco, pai. Muito pouco — Elhya falava consigo mesma enquanto observava as pilhas de mortos sendo queimadas.

O Domador de Nebulosas

CALIEL ALVES

O piloto arremeteu o manche. As turbinas foram desligadas, silenciando o som chamuscado que ecoava na nave. O copiloto deu as atuais coordenadas. Foi solicitado a descompressão do deque e abertura traseira da nave. Os gráficos dos braços mecânicos demonstravam estabilidade na tração. Os PPMs de radiação tinham níveis aceitáveis.

— Como está o tempo aí fora? — perguntou Valter olhando pelo visor da espaçonave, distinguido as figuras que se aproximavam do corpo celeste em formação.

O som chegou com certa interferência nos ouvidos dos astronautas. Mas os seus interlocutores puderam ouvir sua voz rouca no comunicador.

— Está muitos e muitos graus abaixo de zero — respondeu um deles de modo irônico. — Com possíveis pancadas de meteoros após terminarmos nosso serviço. Ah! E muito escuro também.

— Você daria uma péssima garota do tempo, Frank. — Valter soltou uma gargalhada.

Frank Barbosa era tripulante da nave *Rígel*. A espaçonave havia sido alugada por um grupo de cientistas a serviço do governo intergaláctico. Não existia em todo o espaço conhecido alguém tão famoso quanto Frank, e de certo modo o temiam. Agora aquele passado de aventuras ficara para trás. Atualmente ele atuava junto aos cientistas.

Antes de se voluntariar com Valter para o Serviço dos Modeladores do Sistema Universal — ou só "modeladores", para os íntimos —, eles estavam na tropa de elite do Exército Intergaláctico. No serviço militar, eles combateram piratas espaciais, traficantes e rebeldes da República. Agora sentiam prazer em acompanhar aqueles homens e mulheres de jaleco branco por todas as galáxias, presenciando incríveis fenômenos que uma vida sedentária pós-aposentadoria não poderia oferecer a nenhum dos dois.

Além de Frank, havia mais cinco modeladores do lado de fora da nave. Quatro modeladores acompanhavam Barbara na sua tarefa. Ela era a líder da missão e coordenava os trabalhos do grupo. Era exigente, pontual e intolerante com falhas. Evitava a todo custo incluir Frank nas atividades de campo. Achava-o arrogante e petulante. Entretanto, ele era especialista em detonação de bombas eletronucleares.

Outra voz foi ouvida nos comunicadores.

— Líder da missão, eu vou colocar essa última bomba, daí podemos sair.

— Certo, Rodrigo! — Barbara respondeu laconicamente.

O dispositivo foi posto no cinturão de explosivos em volta do centro do sistema solar da nebulosa. Lá, havia uma pequena estrela anã de cor acobreada, girando em evolução dentro de uma cortina de gases.

A iniciativa parecia simples, mas a logística envolvida na missão necessitava de muitos cálculos e planejamentos. As bombas eletronucleares eram postas ao redor da estrela — ou das estrelas — dentro do sistema solar. Elas explodiriam simultaneamente, após a *Rígel* estar a uma distância segura do raio de explosão. Ocorreria um efeito big bang, usando a própria energia emitida pela estrela, que passaria a destruir tudo à sua volta, iniciando pelo seu sistema solar até os limites da nebulosa. Depois a onda de explosão retrocederia ao ponto de origem até se extinguir.

Séculos de pesquisas garantiram a tecnologia necessária, o treinamento e a formação para executar tudo para causar o mínimo de dano ao espaço ou risco aos executores. A decisão de "modelar" ou não uma nebulosa cabia ao Conselho de Análise da Arquitetura Universal; além disso, a classe científica formava boa parte do governo. Os modeladores executavam as suas ordens sem pestanejar.

Mas exerciam, ainda assim, um importante papel; se não fosse sua capacidade e coragem, nada seria feito. O universo, aos olhos comuns, parecia ser infinito. É algo tão misterioso que a humanidade perdeu-se em sua sombra ilimitada. Porém, com o avanço de tecnologias aeroespaciais e a construção de colônias humanas em todos os confins do universo, as teorias contrárias mostraram-se verdadeiras.

As teorias chegaram à conclusão de que o universo é como uma caixa, ou melhor, um dodecaedro. Uma casa de espelhos em que tudo que está dentro dela é refletido em suas paredes, o que dá a deliciosa impressão ao espectador de que vivemos em algo incomensurável, de proporções infindáveis. Sendo finito, logo é perecível. O fato de ter limites pré-estabelecidos faz com que o universo pare de crescer.

As nebulosas continuam nascendo. Em paralelo à metáfora do copo, o universo pode transbordar, causando uma explosão tão grande que nada poderá se salvar. Toda a matéria e massa, o todo voltaria a ser apenas uma energia dispersa. Essa energia se concentraria em um único ponto. Depois explodiria novamente em um big bang e consequentemente daria origem a um novo universo.

Os modeladores voltaram para a nave com um sorriso nos lábios, ocultado pelos enormes visores de seus capacetes prateados. Seus trajes eram mais que especiais, pois possibilitava-os aguentar as intensas radiações solares e o frio do universo, já que eles tinham que chegar o mais perto possível das estrelas centrais de cada nebulosa.

O traje se ajustava ao corpo, parecendo mais uma sobrepele.

Ele possuía suporte para oxigênio e tinha propulsores nas solas dos pés — os quais davam uma mobilidade muito grande ao usuário. Os uniformes haviam sido forjados com durabilidade e ergonomia. Eram feitos de um material sintético produzido em outros planetas, somado a fios de liga de grafeno. Só os modeladores podiam usá-lo.

O deque da nave se abriu e os cientistas entraram. Após se fechar, eles retiraram os capacetes com um clique no botão atrás da cabeça, já que era retrátil.

— Vamos ver os fogos de artifício — comentou Frank.

Frank encaminhou-se para o seu aposento. Vestiu sua roupa, com uma jaqueta escura, calça jeans, e rumou para a cabine de pilotagem. Seu lugar preferido em toda nave. E lá, junto de Valter e todos os tripulantes, veria o acionamento das bombas.

Elas tinham um formato esférico, mas, quando estavam no cinturão, a metade dianteira delas se abria como uma flor. Por isso os tripulantes da *Rígel* chamavam a detonação de "primavera". Porém, isso só acontecia quando os comandos eram dados de dentro da nave pela líder da missão, Barbara.

A cientista permitia que todos assistissem ao fenômeno fruto dos seus trabalhos, já que todos ali ajudavam direta ou indiretamente para que tudo aquilo fosse possível. Como havia um aviso de que nenhuma nave passaria por esse setor enquanto a *Rígel* não retornasse, estando em distância segura, não havia riscos. Sentada em sua cadeira, Barbara ordenou:

— Ativar câmeras telescópicas e macromonitor.

Frente ao assento do piloto, a poucos metros do visor da nave, apareceu uma tela holográfica de grandes proporções. Mostrava com nitidez e por diversos ângulos as bombas agrupadas, girando em volta da estrela como um cinturão de asteroides. Antes que Barbara desse o comando de detonação, Frank pediu um momento com um gesto de mão.

— Esse momento precisa de trilha sonora. — Os presentes sorriram. — Não sei vocês, mas isso me lembra tanto *jazz bepop*! Computador de bordo, Charlie Parker, por favor.

E, conforme aquela música começou a tocar, Barbara viu a *Rígel* em completo silêncio. Era até estranho. Mas, por fim, ela acionou a detonação.

Iniciou-se o desabrochar das flores metálicas. Elas se abriam emitindo um pulso eletromagnético e se entrelaçavam, abrindo as outras em cadeia. Um ritual religioso para quase todos da nave. Após todas se abrirem, as bombas eletronucleares formaram uma rede com um feixe elétrico e começaram a explodir simultaneamente. O ato final foi uma grande explosão que lançou matizes iridescentes no espaço.

Uma nebulosa se apagou no universo. Tinha certo ar de melancolia esse pensamento, mas a morte de uma nebulosa garantia algum tempo a mais aos seres humanos, ao universo como um todo. Quando a música terminou, uma nuvem de poeira cósmica cobriu toda a nave por alguns segundos. Os homens começaram a aplaudir.

Chovia de modo diluviano no planeta Desire, também apelidado de planeta Las Vegas. *Rígel* demorou mais de uma semana para pousar, pois havia uma blitz perto do seu setor. A nave pousou perto de uma avenida que era conhecida por seus bares. Diferente da cidade luminosa e festiva da antiga Terra, o planeta era sóbrio e obscuro, com chuvas torrenciais durante seis meses do ano.

Mas o espírito de pecado estava lá. Em Desire você encontra cassinos, bebidas, drogas e mulheres — às vezes, tudo no mesmo pacote. O governo local, além de ganhar dinheiro com o turismo, permitia o tráfico de todos os tipos, o desmanche de naves, o suborno e a prostituição. Algumas vezes, Frank e Valter pousavam nesse planeta para se divertir e, em outras ocasiões, para prensar os informantes.

Frank e Valter, junto à tripulação — exceto Barbara, que ainda não se juntara ao grupo —, seguiram para um velho conhecido de Frank, o bar do Gil.

Quando eles entraram no estabelecimento, o encontraram quase vazio. A dupla de amigos inseparáveis se sentou na mesma mesa e os demais colegas, nos lugares que sobraram.

— O que desejam, senhores? — falou um homem de óculos, meia-idade e cabelos grisalhos nas têmporas.

Valter pôs um palito na boca e ajeitou sua boina quadriculada, mas, antes que pudesse responder, foi Frank quem perguntou em tom de deboche:

— Meio às moscas isso aqui, não, Gil?

— Nossa! Ei, pessoal é o Frank. Uma rodada de graça para todo mundo! — O homem, sem esconder a alegria, foi para o balcão servir as bebidas.

— Minha fama me persegue — disse o ex-militar.

— Não é à toa, Frank! Você foi do Exército Intergaláctico, foi um herói — disse Valter, esperando pelo trago.

— Você serviu comigo, o que tinha de heroico no que fazíamos, Valter? — A voz saiu cheia de desânimo. — Não fomos heróis, com certeza não. — E bebeu o que Gil colocou na mesa.

— Você tem de parar de se culpar tanto. Eram nossas ordens — disse Valter com aquele ar pesado de resignação.

Frank ainda não havia se convencido. Às vezes ele considerava uma perda de tempo ter servido no exército.

— Olha só pra você agora, começou uma nova vida...— comentou Valter.

Frank fez um gesto de silêncio.

— Aqueles dias ficaram para trás — disse ele, melancólico.

— Mas você rodou todo o universo, domou planetas...

— Hoje eu sou um domador de nebulosas. — Ambos caíram na gargalhada.

— Até do outro do lado você já esteve, me conta de novo como foi, nunca me canso de ouvir.

— Só conto quando eu ficar bem bêbado.

Os colegas, percebendo que Frank contaria uma das suas histórias, se aproximaram, posicionando-se ao seu redor. Tudo que se referisse àquela lenda viva era de interesse público. Frank pegou a garrafa e virou o conteúdo na garganta.

Barbara se encaminhou para o bar do Gil com uma capa de chuva. Adentrou empurrando a pequena porta dupla; era uma cientista bem segura de si. Viu um monte de homens ao redor de Frank, que estava em cima de uma mesa. Com voz de locutor de rádio e gestual performático como o de um ator, ele narrava a sua fabulosa história:

— Eis que eu estava a perseguir uma dupla de piratas espaciais — disse ele, fazendo sinais com as mãos para indicar os movimentos da perseguição —, eles aceleravam sua nave, e eu fui ao encalço deles. Os desgraçados foram para o setor de despejo do governo, isso mesmo, homens, o lixão do espaço. Os desgraçados se esconderam entre o lixo espacial e asteroides, e nem pude perceber onde eu mesmo estava!

— Na fronteira do universo! — gritaram os espectadores em tom alucinado.

— Exatamente, homens! De repente, minha nave foi atingida pelos foragidos e começou a girar como um carrossel. Em meio a uma explosão, fui arremessado com tudo pra fora do universo.

— O que encontrou lá, capitão Frank? — perguntou um entusiasmado.

— Nada, homens. Não havia nada, a não ser escuridão. — Sua voz foi pausando enquanto, da mesa, via Barbara. — É a primeira vez que vejo você em trajes civis — disse a ela ao descer da mesa.

Ela se sentou, pegou o copo de Frank e tomou em um único gole.

— O que você disse é impossível. A falta de gravidade te mataria na hora. Como foi resgatado? Não me diga que foi um alien? — Sorriu ela, ironizando.

— Às vezes você pergunta demais. Foi a outra nave-patrulha do meu setor, e naquela época ainda era um soldado inexperiente. Eu sei que não tem essa de homenzinhos verdes — ponderou, colocando o queixo em cima das mãos entrelaçadas. — Você não acha estranho saber que estamos sozinhos? Já dominamos o universo inteiro e agora redesenhamos o universo, parecemos até deuses!

— Se houvesse outras raças inteligentes, elas também procurariam tomar controle da situação. — Ela ajeitou o cabelo pro lado, o enrolando nos dedos. — A vida humana, como qualquer outra, é como a de um verme, um vírus. Além disso, eu não acredito em "deuses", ninguém arquitetou nada.

— Puxa, você sabe como animar uma conversa... e nem aguenta beber — disse Frank com um ar de desafio e confraternização.

— Quer ver que eu aguento, capitão?

— Gil, nós temos um desafio!

Barbara acordou com sua cabeça igual a um gongo. Mas reparou que não estava em seu quarto. Estava no de Frank! Os quartos da nave não eram grandes nem confortáveis, mas o do capitão tinha uma cama box com colchão D50, comprado com o dinheiro da aposentadoria do serviço militar. Ao perceber o que tinha feito, sorriu maliciosamente. Um misto de prazer e vergonha.

Levantou-se da cama e vestiu-se apressadamente, abotoando a camisa a torto e a direito. Mas, antes de sair, olhou pela porta do banheiro: Frank se barbeava. Ele era alto, forte, por volta de uns 50 anos de idade. Tinha a pele negra e cabelos escuros curtos. Ele a viu pelo espelho. Ela fechou a porta e saiu bem rápido; ele não tentou impedi-la.

Embora não admitisse, ela sentiu algo especial desde o primeiro dia em que viu Frank, mesmo que não assumisse ou demonstrasse o que toda a nave já reconhecia. Ambos se mostravam ríspidos um com o outro, mas nunca haviam estado tão próximos em cerca de um ano. Mas Barbara cedeu; podia até colocar a culpa na bebida, mas ela o desejava havia muito tempo.

Os dias transcorreram tranquilos na nave. A não ser por certo burburinho sobre o namoro entre o ex-militar e a cientista-chefe. Rígel era uma nave de porte médio, mas não tão grande que pudesse atrasar os comentários de quinze tripulantes e mais cinco cientistas. Os encontros amorosos continuaram acontecendo daquele dia em diante.

Meses depois, o visor da nave trouxe uma mensagem com as coordenadas da nova missão. A tripulação da *Rígel* deveria ir até a nebulosa S-17 e fazer o seu trabalho. Prontamente, Barbara digitou as coordenadas no macrotelão e a nave rumou com grande velocidade, deixando pra trás um rastro de luz fluorescente.

Chegando ao setor, iniciaram os protocolos de segurança inicial, colocaram na órbita da nebulosa diversos satélites que transmitiam mensagens às naves para que não entrassem no setor. Depois, os modeladores faziam os cálculos necessários para colocar as bombas ao redor das estrelas. A força gravitacional da estrela era um vetor de extrema importância, sem contar a proximidade da instalação dos explosivos. A explosão tinha que ser completa, sem falhas que pudessem acarretar em explosão parcial.

Os modeladores, após discutirem os últimos detalhes da missão, vestiram os seus trajes. Finalmente se encontraram no deque da nave e Barbara falou aos companheiros:

— Homens, estamos numa galáxia espiral, totalmente congestionada. Não queremos sofrer acidentes.

— E o Frank? — perguntou um dos cientistas.

— Devido aos riscos, ele mesmo pilotará a *Rígel*. Não poderá nos acompanhar desta vez.

Frank pilotava a nave, como um especialista que era, mostrando toda sua experiência e perícia. Navegava com suavidade pelos emaranhados de asteroides, quasares e fragmentos de planetas e luas destroçados por constante choque num ambiente dinâmico.

Os modeladores alcançaram o ponto máximo de aproximação. Valter estava ao mesmo tempo apreensivo e orgulhoso do amigo de longa data. O deque se abriu. E os quatro modeladores pegaram o compartimento de transporte das bombas eletronucleares, dois de cada lado. E todos mergulharam no espaço. Um mar negro, que ninguém ainda poderia dizer que havia dominado.

Distanciaram-se da nave e começaram os seus trabalhos. Na *Rígel*, todos acompanhavam a missão pelo macromonitor; de todas as missões realizadas pelo grupo, essa seria a mais arriscada. Como se esperasse algo ruim acontecer, Frank entrou em contato com Barbara.

— Barbara, está me ouvindo? É melhor abortarmos essa missão.

— Não é você quem decide isso.

A missão continuou por dois dias, a média para completar uma missão era de uma semana inteira. No terceiro dia, algo errado aconteceu. Uma pequena lua se chocou com um asteroide, causando uma chuva de meteoros que atingiu a nave. Um quarto dos cinturões de bombas havia sido colocado.

Explosões foram ouvidas, assim como um ruído ensurdecedor saiu do macromonitor. As câmeras telescópicas tinham sido avariadas. Quando recuperaram a imagem, não encontraram os modeladores; a nave tentou restabelecer comunicação, mas o sinal estava perdido. Frank decidiu sair do seu assento, mas, antes que pudesse se levantar, seu braço foi agarrado.

— O que vai fazer, Frank? Sozinho, lá fora, não vai poder ajudar.

— Me larga, Valter. Ninguém fica para trás.

— Não estamos mais no exército. Você vai morrer. Não precisa bancar o herói, eles já estão todos mortos — disse o piloto, conformado.

— Como podemos saber disso? Não podemos ver nem os ouvir... — falou Frank. — Valter, se fosse eu que estivesse lá fora, você me deixaria lá também?

O piloto abaixou a cabeça e o largou. Frank vestiu seu traje e como um raio foi ao deque. E mergulhou no espaço.

— Valter, está me ouvindo? — transmitiu o capitão.

— Sim, Frank. Eu queria...

— Não há tempo pra isso, Valter. — Não era momento para despedidas. — Vou usar um dos compartimentos de transporte. Eles têm jatos e posso usá-los como maca para transportar os feridos, se estiverem... Devido ao meu traje, só eu posso chegar até eles. Me deseje boa sorte. Abra o deque. Continue a se comunicar com eles.

— Tem muita interferência, mas vamos continuar — disse Valter, tentando transmitir segurança.

Frank, usando o jato na sola dos pés, empurrava o compartimento de carga vazio. Havia um monte de destroços de todos os tamanhos e ele só tinha uma hora para encontrar os cientistas, que provavelmente estavam desacordados. Frank foi ágil e conseguiu coletar três deles, um deles já acordado. O ex-militar se comunicou com a nave com certa dificuldade, mas todos ficaram aliviados com a notícia de que três já estavam seguros.

— E a Barbara, cadê ela? — perguntou Frank a um dos cientistas.

— Não sei dizer, capitão, foi tudo muito rápido — disse o modelador, ofegante. — Ela estava ali, colocamos as últimas bombas, algumas ainda nem explodiram.

— Se nem todas as bombas explodiram, então pra onde foi a estrela?

O cientista apontou na direção contrária, para onde ficava a estrela e Frank se virou.

— Droga!

— O quê? O que é que foi?

— Tá vendo aquilo ali? — O modelador apontou de volta.

Frank percebeu uma esfera de energia se transformar em dois quadrados que ficaram girando, e movendo suas linhas em um deslocamento quase surreal.

— É uma tecelã, temos que sair daqui e bem rápido. Aquilo é muito perigoso.

— Precisamos encontrar a Barbara. Você fica aqui! — ordenou Frank.

Ele procurou entre os detritos, mas não a achava. Até perceber um objeto branco — era Barbara em seu traje, cuja cor felizmente lhe ajudara. Ele a pegou nos braços e levou-a até os outros. Um modelador ferido, outro estava morto. Barbara inconsciente. Frank pensou em como levaria todos eles para *Rígel* sem provocar um novo acidente com isso.

O modelador que ajudava Frank se aproximou dele e disse:

— Olha, capitão, precisamos sair daqui.

A tecelã se movimentava rapidamente e se tornava um buraco negro.

Quando nem mesmo a luz podia se salvar, Frank teve uma ideia. Colocou uma bomba atrás de uma camada de detrito que juntou e pôs o compartimento na frente.

— Não podemos explodi-las, é arriscado — disse um modelador.

— Já fiz isso no exército, relaxa — retrucou Frank.

E, com o detonador de Barbara, fez a bomba explodir. O impacto foi tão forte que eles foram arremessados bruscamente. Mas Frank não pôde ocupar o espaço já reservado aos feridos — segurava na alça lateral, que veio a quebrar. Enquanto via o compartimento se aproximar da *Rígel*, ele caía no vazio. A nave inteira gritava no seu comunicador. Quanto mais perto chegava do buraco negro, a comunicação ia falhando, mas a nave pôde ouvir suas últimas palavras:

— É vazio e escuro, Valter. É sempre escuro.

A Aurora no Fim do Universo

TASSI VIEBRANTZ

Despertou com a adrenalina do pesadelo ainda presente em suas veias. O suor escorria pela testa e o coração bombardeava o sangue de forma frenética. Diego respirava fundo, sentado na cama. As cortinas abertas de seu quarto lhe providenciavam uma visão única de Saturno. Não que fosse um privilégio. Eram pouquíssimos em seu departamento que apreciavam a visão da superfície gasosa e morta do planeta. De fato, quando pedira o quarto da estação lunar de Titã mais próximo do lago de metano e com visão "privilegiada" de Saturno, podia jurar ter ouvido o suspiro de alívio dos companheiros.

Levantou-se sem pressa alguma, rumando para o banheiro conforme as luzes artificiais iam acendendo e dissipando a tênue iluminação vermelha que entrava pelas janelas.

A distinção fundamental entre si e seus companheiros era que, enquanto eles empenhavam todos seus esforços em evitar a morte, Diego dedicava os seus em alcançá-la. Foi o que fizera sua fama como injetor, anos atrás.

O Protocolo de Marezena ("Marezena Gigiryo", como era originalmente chamado por outras espécies) impunha que qualquer forma de vida somente poderia fazer contato com a civilização de um planeta quando este fosse capaz, por inteligência própria, de sair e sobreviver no espaço, de forma a fazer o primeiro contato. Fora como a humanidade conseguira seu reconhecimento: ao montar suas bases e pequenas colônias em luas do próprio Sistema Solar, na esperança de preservar a sua existência. Era um trabalho cheio de esperança e medo. Viagens longas, difíceis, sem garantia — a não ser a de cortar vínculos com a vida na Terra. Isto até um cientista descobrir uma forma de viajar no espaço que ninguém estivera dando atenção: as cordas cósmicas, tão antigas quanto o próprio Big Bang. Em direções contrárias, elas permitiam uma aceleração próxima à da luz. Nesse momento, a humanidade passou a viajar no espaço-tempo; contudo, as leis da natureza não permitiram voltar no tempo, apenas ir para frente. Ver o futuro, nunca voltar. Uma viagem só de ida.

De toda a história chata de evolução e autodestruição da humanidade (evolução de um lado e guerra do outro), a parte mais interessante fora a chegada dos azósseas, uma espécie de corpo que parecia quase transparente em um primeiro olhar, como uma nuvem densa, azulados ou rosados com algo semelhante a um brilho metálico. Esta era sua forma primitiva; no entanto, também eram capazes de alterá-las e remoldá-las para se assemelhar ao próprio ser humano — jamais alguém seria capaz de confundir um humano com um azóssea, por uma variedade de motivos, desde cor até formato e traços; apesar disso, de todos os tipos e raças descobertas, eles eram os mais próximos da humanidade.

Os azósseas, uma raça de paz e tranquilidade, alcançara tal estágio com uma habilidade peculiar: a troca de corpos, quando as almas eram invertidas, temporariamente, de um corpo para o outro através de pontos de pulsação. Com isso, os azósseas conheciam uns aos outros, pararam guerras antes de começá-las, repassaram conhecimento e compartilharam emoções... Por tal razão, repassaram a habilidade para os humanos.

Mas a humanidade... Ah, a humanidade... Na opinião de Diego, deveriam ter deixado o meteoro vir e extinguir a vida humana.

Diego era uma arma, mas ao menos não era hipócrita, como a maioria de seus colegas, em fingir ter valores nobres em sua vocação. Injetores eram agentes que trocavam de corpos para usurpar ou injetar ideias, agindo em prol de uma falsa tranquilidade e evolução, no estilo "custe o que custar". Era muito fácil dizer-se nobre, em busca da paz mundial, mas isso também era dizer que os fins justificavam os meios. Diego duvidava muito que aquela tivesse sido a intenção dos azósseas.

Após o banho, enquanto escovava os dentes, o espelho coberto por um fino lençol iluminou-se com a palavra vermelha embaçada que, embora não pudesse ver, sabia que anunciava "chamada". Acompanhada desta, surgiu o aviso sonoro, ecoando por toda sua instalação. Retirou o lençol para atender a ligação e, no espelho, surgiu a imagem de seu chefe.

Martínez sorria.

— Sabia que você estaria de pé.

Em vez de responder, apenas cuspiu a pasta na pia. Claro que estaria de pé; seu chefe sabia que Diego sofria de insônia.

— Bom dia para você também, Diego. Tenho uma missão especialmente para você...

Em um rápido olhar para o espelho, viu o curvar dos lábios de Martínez, o que imitava um sorriso, desaparecer e dar espaço para a seriedade característica.

— Vamos, Diego. Você já foi melhor do que isso. Poderia, ao menos, demonstrar um pouco mais de empolgação.

Não, nunca foi melhor do que aquilo.

— Oba — retrucou no tom mais monótono e pouco interessado que lhe era cabível.

Não, não era verdade. No passado, talvez tivesse esboçado um sorriso maldoso e irônico; contudo, na atualidade, tal sorriso seria um crime contra seu próprio rosto.

Não queria ver.

Martínez pareceu desistir de tentar, por ora, mas logo em seguida retomou a expressão de expectativa.

— E se eu disser que tem a ver com Giovanni?

Terminou de enxaguar a boca e pegou uma toalha para secá-la.

— Você sabia que mortos não contam histórias?

— Acho que este morto quer contar uma.

— Não, não quer — respondeu com certa irritação. — Eu saberia.

— Você passou de um filho da puta debochado, porém divertido, para um filho da puta muito irritante.

— Obrigado — agradeceu conforme jogava a toalha de lado, apoiando-se no balcão da pia. — Então, ligou para tecer elogios à minha pessoa ou vai logo passar uma missão?

— Bom, você deve lembrar-se das pesquisas de Giovanni acerca da Aurora no Fim do Universo.

— Menos do que você espera, mas um pouco, sim.

— Bom, ele mantinha um laboratório no subsolo em Marte. Fontes confiáveis confirmaram, as mesmas para as quais você trabalhou. E nós não somos os únicos que descobrimos isto; os volarion também estão em busca do laboratório. Nós precisamos encontrar antes deles.

— Ou através deles.

Martínez esboçou o mesmo princípio de sorriso empolgado que vira ao atender a ligação.

— Exatamente. Vou lhe mandar todas as informações que temos, inclusive o receptor em potencial. No entanto, Diego, dadas as circunstâncias, eu sugiro que você compareça ao Núcleo e faça uma troca de corpo com um de nossos fac-símiles.

— Não.

— Somente para esta missão.

— Sem chances.

Fac-símiles eram o "backup" dos injetores. Injetores usavam seus próprios corpos nas missões, mas, em casos mais perigosos, de iniciantes ou em que o injetor estivesse comprometido, então os fac-símiles (condenados em hibernação) eram utilizados.

— Diego, você está comprometido demais.

— Não confia mais em mim? — Jogou a carta que sabia ser certeira.

— Você sabe que sim, mas é melhor ter precaução.

— Precaução é para quem tem medo de falhar. Eu não falho — respondeu antes mesmo que seu chefe pudesse concluir.

— É verdade. E eu gosto muito mais deste seu lado presunçoso e arrogante do que o outro... morto.

— Eu sempre estou morto.

— Bem, talvez nesta missão você morra de vez. E talvez veja a Aurora no Fim do Universo. Não seria bonito? Você encontraria...

— Ah, cala a boca. Só me passa as informações logo.

Martínez finalmente sorriu de verdade. Ele parecia estar aguardando ansioso por ser xingado desde que a conversa se iniciara.

— Irei. Preciso ir, tenho que ver como está se saindo um novato em Éris.

— Nossa. Você foi muito frio com ele.

Martínez riu novamente.

— Preciso ser. Detesto novatos.

— Boa sorte.

— Para você também. Se mudar de ideia, me procure.

— Tchau, Martínez!

Em segundos, a imagem do homem através do espelho desapareceu. No lugar, encontrou apenas aquele rosto anguloso que tanto evitava encarar. Agora, era impossível olhar para o outro lado. Ele o atraía, quase rindo, debochando da piada amarga que seu destino se tornou.

O injetor que tanto quisera morrer... não podia mais. Jamais teria coragem de fazê-lo... pela segunda vez. Não com aquele corpo.

Podia rever o acontecimento dentro de sua mente, preso em outro ponto de vista. Via seu corpo — o real, que realmente o pertencera — caído em uma poça do próprio sangue. Era capaz de reviver o desespero desolador em encontrar-se quase morto. Engatinhar por cima do líquido viscoso e ainda quente, escorregando a mão e deixando um rastro na madeira. Tentara cessar a torrente rubra, mas era tarde demais. Perdera o ar na resolução devastadora de que suturas não o salvariam. Então, em uma comunhão rápida e a conexão em um ponto de pulso que ainda mantinha vida, seu namorado, Giovanni, lhe dera o próprio corpo e ficara com o seu.

A troca era temporária. O dono sempre retornava para seu corpo… a não ser que morresse durante a troca. Logo, a alma em posse do corpo moribundo era a que perecia. O perdedor, forçado a viver, era quem mantinha o corpo.

Seu corpo estava morto. Giovanni tivera a audácia de salvá-lo e, de todos os corpos nos quais poderia viver sem questionar o próprio eu, acabara logo com o que não conseguia adaptar-se. Jamais poderia olhar para Giovanni e aceitar que aquele fosse seu novo eu. Não, não poderia. Principalmente depois de tudo pelo qual passaram. Todos os dias, todas as noites, as conversas, olhares, risos, beijos…

Tudo aquilo nauseava seu estômago. Não podia entregar o corpo para outra pessoa; não poderia pô-lo em coma. Giovanni lhe dera a própria vida e, mesmo se ele jamais fosse ver, não poderia abrir mão dos resquícios dele.

Por vezes, odiava seu (ex-) namorado. Como ele, tão entusiasmado e prestativo, poderia deixar-se morrer por alguém que tinha completo desprezo pela vida?! Se alguém lhe dissesse que algo do tipo aconteceria, com Giovanni vivo, teria rido e debochado que o maldito era narcisista demais para sequer emprestar o corpo, quem dirá renunciar à própria vida. E gostava dele daquele jeito. Odiava a ideia dele se sacrificando, morrendo, abandonando tudo o que vinha construindo em prol de um inútil desprezível.

— Droga, Giovanni! — resmungou consigo mesmo, batendo o punho no balcão da pia.

Retornou a cobrir o espelho.

Mas jamais poderia cobrir a si próprio o suficiente para não reconhecer aquele corpo.

Ou, talvez, o problema fosse exatamente reconhecê-lo.

Martínez repassou todas as informações pertinentes do caso. No início, sentiu como se fosse uma traição por parte de Giovanni jamais ter-lhe contado sobre um laboratório secreto. Passaram anos juntos, o homem foi capaz de lhe dar a vida, mas não de compartilhar alguns segredos importantes?! Que piada estúpida.

Os trabalhos de seu namorado eram acerca da Aurora no Fim do Universo. Desde que entraram em contato com outras formas de vida, descobriram que o universo realmente estava em constante expansão; no entanto, ele tinha bordas. Nelas, estava uma anomalia que chamavam de Aurora de Íris, ou Aurora no Fim do Universo. O fenômeno era como outras auroras, sem forma definida, apenas colorações. Nenhum corpo, de nenhuma raça, ultrapassou a Aurora. Bom, até ultrapassaram, mas o universo "cuspira" de volta um corpo morto e, uma vez, outro corpo surgira de dentro de um buraco negro.

Rira de Giovanni quando este lhe contara sua teoria.

— De todos os idiotas de que eu esperava ouvir isso, o absurdo veio logo de um "renomado cientista" — dissera e Giovanni lançara um tubo de ensaio na sua direção. Diego desviara sem grandes problemas, vendo o objeto espatifar-se na parede.

— Seus colegas de profissão sabem que eles andam com um teologista?

— Vai roubar alguma alma, Diego.

— Não, mas agora eu quero saber como é esse deus. Ou eu deveria chamar ele, ou ela, de Aurora? Nome de princesa. Como é Aurora?

O outro homem nem ao menos se dera ao trabalho de lhe responder, voltando novamente toda a atenção para a fórmula que copiava de um livro para o quadro de vidro, de costas para Diego.

— Não me ignore, Gio.

— Vai se foder.

— Você não podia falar um negócio desses e esperar que eu não risse!

No entanto, continuara sendo ignorado. Não que fosse algo incomum, mas naquela vez ele realmente parecia incomodado. Não era do feitio de Giovanni, o qual sempre desprezava a opinião dos outros. Talvez aquilo pudesse ser um elogio — afinal, ele se importava com a sua opinião.

Adentrara mais pela "zona sagrada" que configurava o laboratório de seu namorado.

Pusera-se nas suas costas e estava quase arrancando o livro da mão dele e fugindo, mas pensara duas vezes e resolvera pôr-se na ponta dos pés para poder apoiar-se no ombro dele.

— Não vou mais rir, Gio. Me conta sobre a sua teoria do fim do universo.

— Você é muito teimoso.

— Você quem começou. Agora eu quero saber.

Giovanni forjara um suspiro, fechara o livro e bloqueara a tela de vidro, virando para apoiar as costas neste, de frente para o namorado. Ele estava sério, como sempre, apoiando o livro em cima da sua cabeça como a piada amarga e duradoura com a diferença de altura que, aliás, não era muito discrepante.

— Há duas extremidades conhecidas do universo: A Aurora de Íris, que é a que conhecemos, pulamos e estudamos. E a Aurora Obscura, que fica na outra extremidade do universo, contrária à de Íris. Isso é a maior distância conhecida por qualquer espécie. Não se fala muito da Aurora Obscura porque, quanto mais próximo se chega, mais escuro o universo se torna. Sem estrelas próximas, a mínima luz encontrada é o horizonte de eventos de um buraco negro distante. Então você penetra mais e mais na escuridão... como se fosse descendo ao fundo do oceano, sempre capaz de ir mais, só que numa escala muito maior. Existem relatos de outras raças de terem visto, ao longe, sinais da Aurora Obscura, mas nenhuma prova concreta de sua existência. Nenhum humano sobreviveria à viagem. Mas, se a Aurora de Íris existe, é uma sequência lógica a existência da Aurora Obscura na outra extremidade do universo. E, se ninguém volta da Aurora de Íris... pelo menos não com vida... para onde vão as almas? Não é uma ordem de proteção não podermos atravessar? Como é possível que nenhuma espécie tenha sido bem-sucedida na travessia? Tudo no universo faz sentido. Tudo. Mas não a Aurora no Fim do Universo.

— Então a Aurora de Íris seria Deus e a Aurora Obscura, a morada do diabo? — indaguei e Giovanni sorria enquanto confirmava com a cabeça. — O que os seus colegas pensam disso?

— Eu não dou a mínima. Vão tentar achar uma explicação. É o que fazem; o que eu também faço. Só que a minha explicação é diferente e meus métodos também.

— E você quer que a primeira espécie a descobrir isso seja a humana?

— É claro — Giovanni respondera com toda a presunção que lhe era cabível, como se aquilo não fosse nada de mais.

— Que arrogante. Eu ia odiar se você fosse o filho da puta que acaba com minha esperança de findar com tudo descobrindo que há vida além daqui.

— Quando eu comprovar, prometo batizar com seu nome.

— Que brega.

— Daí todas as espécies e civilizações do universo inteiro vão se perguntar como se pronuncia corretamente o nome daquele injetor niilista cujo nome batizou o pós-Aurora.

— Vou vomitar só de pensar nisso.

Ia se afastar; contudo, Giovanni lhe puxara pelo quadril e, no ato, o livro que ainda estava na sua cabeça acabara indo para o chão.

— Você fez desse seu destino quando invadiu minha casa, injetor.

— Três minutos para aterrissagem — a voz automática da nave anunciou, arrancando-lhe de seus pensamentos.

Respirou fundo e passou as mãos pelo rosto. Trocas de corpo sempre deixavam resquícios de seu verdadeiro dono. Ainda tinha algumas lembranças pelo ponto de vista de Giovanni, mas, além de pouquíssimas, eram basicamente sobre momentos que compartilharam juntos.

Mesmo que os arquivos que Martínez lhe enviara indicassem informações sigilosas da Federação Humana, não concordava com as informações contidas neles. Não que a sua opinião importasse, mas, se Giovanni de fato houvesse encontrado alguma resposta, caminho ou chance de desvendar o mistério da Aurora, então ele não teria dado a vida sem pensar duas vezes. Ele não era tão idiota assim. Considerava tudo aquilo uma missão inútil; no entanto, não poderia deixá-la nas mãos de qualquer um. Ainda era de Giovanni; era seu.

Ninguém podia meter a mão.

Aterrissou em um paradouro na lua de Menora. Aqueles eram locais onde se podia abastecer ou apenas fazer uma pausa. O que fosse. Grandes luas turísticas que recebiam o universo inteiro. Como humano, precisava entubar-se para manter o fornecimento de oxigênio, armazenado em um exoesqueleto que até mesmo parecia fazer parte de seu uniforme.

O local estava cheio e barulhento, como característico. Felizmente, tinhas as leituras da área ao alcance de seus olhos, literalmente, no formato de lentes. Elas lhe permitiam ler as informações de cada um dos seres próximos de si. Alguns não tinham registro, mas sabia que a sua vítima teria. Logo avistou-os: um grupo de dois volarions e dois zombiás. Os volarions eram criaturas geladas, a pele coberta por uma camada protetora de um líquido viscoso. Eram moles, com um mínimo de seis membros, como era o caso de seu receptor. Ele não tinha pés, mas mãos maiores e quatro pares de braços. A pele era de um branco acinzentado e os olhos escuros.

Não arriscou uma aproximação imediata. Pôs o capuz, pegou uma bebida e sentou-se em uma mesa de vista privilegiada para o grupo. Seu futuro receptor parecia casual, jogando bebida pelos braços descobertos, ingerindo-as por osmose. Precisava de um plano de ação indireto. Pediu uma nova bebida para a atendente: smirt. Grande. Basicamente uma bebida roxa da qual saía fumaça.

Levantou-se com o drink na mão, abaixando-o de forma casual. Passou com cautela por trás do grupo e despejou o líquido no chão, afastando-se antes que ele alcançasse os membros descobertos dos volarions.

Bebeu o último gole de smirt em seu copo e o deixou no balcão. Atrás de si, os dois volarions passavam correndo, praguejando naquele linguajar estridente, indo na direção do banheiro. Não machucava, mas era ácida a ponto de queimar e tinha seus efeitos potencializados pela rápida absorção dos volarions.

Ativou o soro e o exoesqueleto o injetou no seu corpo. Seu tempo começou a correr. Seguiu para o banheiro, encostando a porta ao passar.

O acompanhante de seu receptor estava bem mais próximo, com uma coloração levemente azulada, a cor concentrando-se na região da garganta. Puxou-o por ela, usando do exoesqueleto para não entrar em contato direto com a pele do outro ser, e enfiou uma nanopartícula em seu ouvido. Em segundos, ele estava caindo desacordado.

Volarions conduziam eletricidade e, por isso, não podia entrar em contato direto com a pele. Logo, usou o exoesqueleto para bater na mão armada do receptor e fazê-la cair. Contudo, ele tinha quatro mãos, mais rápidas do que as suas duas. Sua reação foi uma rasteira, pisando na segunda mão. Para uma terceira, somente pegara o pulso dele, conectando com o seu, inebriando seus próprios sentimentos em prol de uma troca de segundos (tinha orgulho de sua agilidade na troca).

Quando reabriu os olhos, estava no chão. As mãos/pés ardiam e tinha um humano em um exoesqueleto pisando na sua mão. Não fez nada. Aguardou que o volarion, então em posse do seu corpo, se desse conta do que havia acontecido. Ele próprio retirou o pé da sua mão, olhando para si mesmo com perplexidade e afastando-se em busca de um espelho.

— O que você fez?! Você é um humano! Você é o Giovanni! — a voz do próprio, humana e de volume desregulado, pronunciou-se em pânico. — Vou levar para...

E seu corpo — humano — caiu no chão. Imóvel. O soro fez efeito.

Pôs-se de pé, tomando dois segundos para analisar o novo corpo. Já tinha estado em um volarion antes, mas fazia tanto tempo que nem ao menos se recordava.

Pegou seu corpo desacordado com o par de braços extras, cobrindo-o com o capuz. Retirou o tradutor portátil dele e instalou em sua cabeça. Em seguida, deixou o banheiro e foi direto para onde estavam os dois zombiás.

— Este espécime tentou nos saquear.

— Vamos nos livrar dele — um dos zombiás animou-se.

— Não, eu quero jogar ele no vácuo e ver se espedaçar. Sempre quis estudar os efeitos. Me ajudem com o K-16. Este saqueador o desacordou.

Os zombiás foram prestativos em ir atrás de seu companheiro. Levaram-no até a espaçonave dos volarion, lhe poupando trabalho.

Outra parte não muito agradável de seu novo corpo era que a nave toda era controlada por um tanque cheio d'água. Precisava ficar submerso nele e conectar os cabos. Mas, novamente, já tinha passado por coisas muito piores.

Aterrissou em Marte, na base subterrânea. Todo o planeta existia abaixo da superfície: túneis, moradas, plataformas, ruas... Aliás, nos últimos anos surgiram rumores de desabamento por conta da exploração da estrutura. Por isso, havia partes remotas dentre os labirintos de Quarti que eram pouco exploradas. De acordo com o mapa que encontrou, era por ali.

Adentrou pelos túneis com a nave até onde conseguiu. Era pequena e pôde ir longe, mas logo precisou deixá-la — e os corpos — para trás, seguindo com luz própria mais a fundo. Mal via as paredes de terra vermelha. A poeira chegava a cair do teto e não era nada agradável absorvê-la com aquele corpo.

Encontrou o local indicado de imediato. Ele emanava a luz interna. Havia uma grande porta com três vezes seu tamanho, quase um portal curvado.

Era verdade. Lá dentro estava um laboratório, onde três humanos e quatro volarions debatiam sobre uma busca por informações.

Nem ao menos tentou passar pela porta sem ser notado; seria um esforço inútil.

— F-78, finalmente! Onde está K-16? — um volarion lhe indagou, virando-se.

— Tivemos alguns problemas na vinda. Fomos atacados.

— Pelo humano?

— Era ele? — um dos humanos questionou. — Era Giovanni?

Recuou mentalmente. Eles sabiam muito sobre a vida de Giovanni. Seu receptor também sabia. Precisava tomar extremo cuidado com suas informações. Humanos sabiam sobre injetores e troca de corpos. Volarions não, mas será que aqueles descobriram?

— Era ele, mas não era ele. O humano desacordou o K-16 e tentou fazer algo... estranho. Uma espécie de conexão.

— Ele fez a troca?! — o humano entregou a informação que precisava.

— Não sei dizer. Vi algumas imagens dele, mas era informação inútil. Nada sobre a Aurora.

— Então a gente vai ter que pesquisar de novo — uma nova voz de volarion surgiu nas suas costas. Imediatamente virou-se na direção.

Merda.

O corpo de Giovanni — seu corpo — estava lá.

— Você cumpriu sua missão bem — um dos humanos disse, conforme sentia ele se aproximando.

Virou-se e o eletrocutou. Em seguida, tentou prosseguir na direção de seu corpo, mas também se tornou o alvo de todos ali. Os humanos eram fáceis: eles caíam no primeiro choque. Os volarions, não. Eram bons em combate, ainda mais com braços extras, principalmente ao se pendurar nos lugares e arremessar coisas.

Até um volarion pôr a lâmina na garganta de seu corpo humano.

— Se continuar, eu o mato.

— Você não vai fazer isso. Quer o cérebro dele.

Um humano levantou-se, cambaleante pelo choque.

— Não. Nós queremos você, Diego.

Devia ter previsto que aquilo era a porra de uma armadilha! Humanos filhos da puta e traidores se aliando a volarions? Claro que não era boa coisa.

Se Martínez estivesse envolvido naquilo, querendo lhe forçar a abandonar o corpo de Giovanni, então ia ter que matá-lo.

— Tudo bem. Eu me rendo.

Pôs-se de volta no chão, quatro mãos para cima. Dois volarions vieram lhe conter.

O humano sinalizou para que os volarions lhe levassem para junto do corpo. Eles livraram uma de suas mãos e compreendeu que era para refazer a troca. Antes disso, porém, usou um pino do exoesqueleto, injetando na sua própria veia humana. Fechou os olhos e sincronizou seus pulsos.

Quando abriu, estava de volta na sua forma, sendo agarrado por braços gosmentos.

— Você está sendo cooperativo demais para um injetor. — O humano se aproximou, desconfiado.

— Você não vai encontrar nada de interessante em mim. Giovanni está morto e ele nunca contaria para um injetor alguma descoberta comprometedora.

O humano sinalizou mais uma vez. Os volarions lhe carregaram para uma mesa no centro do laboratório, próximo de uma máquina, e o acorrentaram ali.

Duvidava muito que aquele lugar realmente houvesse pertencido ao seu namorado.

— Você está errado. — Outro ser humano se aproximava. Uma mulher. — Giovanni está morto, mas o cérebro dele continua aqui. Ele não lhe deu a vida por caridade, Diego. Ele quis morrer porque acreditava que ia para além da Aurora no Fim do Universo, então poderia voltar para seu corpo intacto. Mesmo cérebro. O aguardado...

— Não é assim que as coisas funcionam — retrucou pouco convencido, assistindo enquanto ela injetava um líquido vermelho turvo dentro da sua veia.

— É o que vamos descobrir.

O homem acendeu uma tela, conectando os fios dela em seu cérebro.

— Se você morrer, apenas por alguns segundos, será que Giovanni não volta? E todo seu conhecimento? Ou você realmente acha que só tem resquícios da memória dele? — a mulher lhe indagou.

Aquela ideia trouxe uma onda de estranha ansiedade para seu coração.

— Vocês são meio estúpidos, não? Se queriam me matar para trazer Giovanni, não precisavam de toda uma emboscada. Eu viria de bom grado.

— Não, não viria — a humana retrucara.

Não, não era ansiedade em seu peito. Tampouco expectativa, amor ou qualquer uma dessas porcarias. Era uma sensação muito mais próxima do pânico e que, por outro lado, lhe era bem familiar. Acolhedora. Não queria lutar contra ela, queria sentir e ouvir até o último segundo...

Era seu coração parando de bater.

— Tenho um último recado para Giovanni — pronunciou, seguido de um respirar fundo. Seu peito apertando. Estava morrendo. Morrendo e, pela primeira vez em anos, cheio de esperança.

Fechou os olhos.

— Digam que eu... mandei ele ir se foder por ser um filho da puta que me obrigou a viver.

Mas talvez valesse a pena, se pudesse ser útil e realmente descobrir sobre o que havia no fim do universo...

— Diga você mesmo — uma voz familiar lhe respondeu.

Seu coração já tinha parado.

— Não se atreva a morrer agora, Diego!

Não conseguia respirar. Seu coração apertado, como se fosse ser comprimido até explodir. Via apenas luzes machucando sua visão. Elas não estavam lá apenas alguns minutos atrás...

Via a Aurora.

— Diego!

Como se a Aurora no Fim do Mundo estivesse bem diante dos seus olhos.

— Não morra, Diego!

Mas ela parecia estar escurecendo... Sem estrelas ou corpos ao redor. Só a...

— Diego!

Uma lufada de ar repentina invadiu seus pulmões. Seu corpo se arqueou, em choque, queimando por dentro.

Seu coração acelerou.

Estava vivo.

Estava?

Porque, se estava vivo, não deveria estar vendo o corpo de Giovanni de pé, na sua frente, o encarando como se houvesse lhe surgido uma segunda cabeça.

O que, no atual estado, poderia ser verdade.

— Gio? — chamou, porém sua voz saía fraca e rouca.

— Porra, Diego. Eu pareço ter envelhecido uns vinte anos. O que você fez com meu corpo?!

Realmente, o Giovanni na sua frente era muito mais jovem e bem cuidado do que se fosse seu reflexo. O tempo não havia sido generoso consigo desde a morte do namorado.

— É você mesmo?!

Olhou rapidamente ao redor. Ainda estava no laboratório subterrâneo de Marte. Os corpos de humanos e volarions cobriam o chão. Nenhum de pé.

— Claro que sim. Acha que é uma aparição?

— Eu morri?

Observou suas mãos e pernas, mas ainda parecia preso no que seria o corpo de Giovanni, com o uniforme e o exoesqueleto. Não deveria ter assumido seu próprio corpo após a morte?

— Não, ainda não é desta vez que você conseguiu morrer.

— E você?

— Pelo jeito, estou mais vivo do que você.

Finalmente levantou-se, mesmo com as pernas falhando, e abraçou o namorado.

— Puta merda, Giovanni!

Ele retribuiu, o segurando com força o suficiente para não cair no chão.

Ainda não conseguia acreditar que aquele era mesmo seu namorado — morto, mas vivo. Se era uma ilusão, era tão perfeita quanto a realidade.

— Agora você pode me dar aquele recado.

— Seu filho da puta! O que você fez?! Como...?

— Versão completa ou rápida?

— A mais rápida possível.

Giovanni afastou-se. O de verdade. Com um braço na sua cintura para lhe dar apoio.

— Como voltar de um lugar que ninguém volta? Como? Como sair de um lugar que só dá para entrar? Dobrando o espaço-tempo. Voltando ao passado. Mas não há como mudar o passado, senão você poderia impedir as coisas de acontecerem. Eu descobri como voltar no tempo e, voltando, nós vamos parar em uma realidade paralela. Ou seja, a viagem no tempo é a resposta para outra dimensão.

— Então você esteve lá?

Giovanni revirou os olhos.

— Não, eu vim salvar sua vida, de novo.

— Você morreu...!

— Eu morri, verdade. Mas, no dia em que te encontrei, tive duas opções: salvar a sua vida ou manter a minha. Esta segunda opção criou um universo paralelo. Eu sou a versão daquele dia que manteve a própria vida e perdeu você.

— Porra, e eu achei que você nunca ia me deixar morrer.

Giovanni sorriu. Aquele sorriso filho da puta de quem sempre sabia.

— Eu também. Mas me convenci da dúvida razoável o suficiente para criar outro universo. E, nesse, tive um insight para dobrar o tempo. Vem, vamos voltar. Essa é a versão longa da história.

Passou o braço pelos ombros de Diego. Seu coração ainda estava funcionando ao máximo, mas não sabia dizer se era pela adrenalina, o ataque cardíaco ou a emoção.

— Agora vamos para a Aurora? — indagou.

— Não. Ainda tenho que salvar você em outros universos. E encontrar um corpo seu mesmo para você. Eu não vou aguentar acordar todos os dias olhando para a merda que você fez com meu corpo.

— E depois a Aurora — sugeriu.

— Depois a Aurora.

Garimpeiros

ROBERTO CAUSO

— Você é jovem demais pra este serviço! Estamos fodidos.

— Mesmo assim, gostaria de tentar tirar todos nós deste buraco — o tenente Peregrino disse, lembrando ao homem que ele e seus comandados também arriscavam suas vidas. Estendeu a mão. — Se o vovô permitir.

O líder dos mineradores ignorou o cumprimento. Jonas Peregrino e os quatro membros do seu grupo de abordagem envergavam trajes de combate propulsados. Tinham acabado de desembarcar na superfície do asteroide, em uma estreita plataforma e sem eclusas que pudessem ser estendidas até ela. Mesmo a ancoragem da lancha teve de ser improvisada por dois espaçonautas da equipe, puxando cabos retráteis e fixando-os em grampos da plataforma. Era quase como se os mineradores não quisessem ser salvos. Talvez já estivessem em pânico.

O homem diante dele, de barba grisalha por fazer, fuzilou-o com olhos artificiais. Sobre o bolso esquerdo da sua túnica aparecia o nome “MEDINA”. Alguns homens e mulheres acompanhavam a troca de palavras com expressões diversas. Ao lado dele, uma mulher de uns 40 anos sorria. Peregrino sorriu de volta.

— O que você disse, fedelho? — Medina rosnou. — Eu mando aqui. Não admito insolência de ninguém.

— Quer trocar socos, senhor, ou prefere trabalhar pra sairmos daqui?

Medida fechou os punhos. Se tentasse algo contra Peregrino dentro de sua armadura propulsada, vulnerável apenas pelo capacete aberto, seria moído pelos multiplicadores de força — e sabia disso. Nesse instante, a mulher meteu um braço na frente dele e deu um passo na direção de Peregrino. Ela estendeu-lhe a mão.

— Meu nome é Selma Moussa. Sou a engenheira de sistemas da equipe.

— Segundo-tenente Jonas Peregrino, do destróier *Noronha* da Patrulha Colonial. Vocês estão a par da situação?

— Os caças já estão aqui! — Medina gritou.

— Sim, e tiveram chance de nos abater antes mesmo de pousarmos — Peregrino disse, sem encará-lo. — Então calma, o jogo só começou. — Para Selma Moussa, ele inquiriu: — Como estão, pra além do que já nos informaram?

— Bem o bastante — ela disse, apontando para um canto do habitat. — Temos uma mesa de situação preparada.

Medina seguiu-os bufando. Estavam em um pequeno salão escuro. De um lado, muitos armários e painéis na parede; do outro, mesas, cadeiras e catres. Na extremidade oposta, consoles de controle e operação remota. As portas levavam a sanitários e chuveiros, uma sala de recreação ainda menor, e eclusas para o exterior. Tudo montado num único módulo pré-fabricado, jogado sobre uma trincheira retangular escavada na face do asteroide, pelo que Peregrino havia observado antes do pouso. Do módulo partiam feixes de cabos que levavam a módulos menores, contendo conjuntos de instrumentos, depósitos dos robôs e fábricas autônomas que os operários controlavam dali. Por fora, o lugar era maior do que o esperado, provavelmente porque o seu gerador de gravidade artificial era antigo. A estrutura mais robusta do complexo era o lançador orbital, que disparava o minério para ser rebocado no espaço por naves-robôs até as unidades volantes de fundição. Por toda a volta das instalações, a superfície do asteroide era um entrecruzado de pegadas e rastros de máquinas.

A mesa de situação tinha uma maquete holográfica das instalações e uma planta baixa. Quando chegaram a ela, Peregrino virou-se para os trabalhadores que formavam um semicírculo em torno deles.

— Todo pessoal que não for necessário pra esse briefing deve vestir imediatamente os seus trajes espaciais, por segurança.

Houve alguns murmúrios, e apenas metade do grupo se afastou rumo aos armários separados por biombos dobráveis. Incrível que ainda não estivessem preparados para a evacuação. Peregrino suspirou. Obviamente, não podia esperar muito em termos de hierarquia e disciplina desse grupo. Ele se voltou para a engenheira.

— Antes de mais nada, precisamos estabelecer um link firme de comunicação daqui com a lancha. Vamos precisar do ansível dela e dos seus sensores.

Moussa acenou para uma mulher pequena e morena, com olhos puxados e o rosto asteca de indígena mexicana.

— Cuide disso, Rosalva. — E a Peregrino: — Pedimos socorro porque fomos castigados pelos nossos empregadores depois de uma paralização quando descobrimos que estávamos sendo explorados. Fomos forçados a trabalhar aqui, sob falsos pretextos, em um asteroide no limite de uma unidade astronômica de Epsilon Eridani, uma estrela K2 jovem que emite muito vento solar.

— Vindo pra cá, ficou claro que vocês não têm proteção adequada nestas instalações.

— Corremos um sério risco.

— E não recebemos nenhum adicional de insalubridade — Medina completou, sem rosnar mais.

— Muito bem — Peregrino disse aos dois. — O ansível que recebemos pedindo socorro não explicou muita coisa. Querem que intermediemos alguma negociação com seus empregadores pra que tirem vocês daqui, ou preferem...?

Medina abriu a boca para falar, mas a engenheira se antecipou:

— Queremos deixar este sistema *o quanto antes.* — Ela respirou fundo. Deixou claro o seu desespero. — Estamos neste asteroide há três terra-dias e não queremos trabalhar mais nestas condições. Assim que uma das nossas companheiras, a representante do sindicado a bordo de uma das naves da administração, se deu conta do que estava acontecendo, ela enviou o ansível pedindo ajuda. Quando descobriram, ela foi espancada e trazida para cá. Está no ambulatório...

Imediatamente, Peregrino sinalizou para um dos seus homens.

— Potyguara, vá ao ambulatório examinar essa pessoa.

— Sim, senhor — o cabo disse e partiu, acompanhado de uma das mineradoras.

— Quantos vocês são?

— Somos ao todo treze pessoas aqui, tenente — Selma disse.

— Talvez precisemos fazer duas viagens pra tirar todos vocês deste lugar. A lancha só tem lugar para dezesseis mais o piloto e o artilheiro... — Ele então se deu conta de algo e virou-se para Medina. — Quando você disse que sou jovem pr'o serviço quis dizer que sou inexperiente demais pra lidar com as complicações que estão antecipando. O que é?

— A porra dos gringos não vão descansar enquanto não garantirem que vamos ficar de boca fechada sobre o que eles fazem aqui — Medina cuspiu.

— Epsilon Eridane ainda tem restos do seu disco de acreção — Selma explicou —, muito rico em minérios. A empresa que nos contratou aposta nele como um investimento prioritário para fornecimento de matéria-prima para a Zona Três, e quer produtividade acima da média para garantir investidores. Somos um grupo misto de trabalhadores da Latinoamérica e da Aliança Transatlântico-Pacífico. O administrador é um feitor de escravos canadense chamado Jean-Luc Druillet. Ele precisa ser denunciado.

— Entendo que ele não gostaria disso — Peregrino disse —, mas o que pode fazer contra nós? Não sou só eu e um grupo. A *Noronha* ainda está no sistema.

— Não queira nos enganar, garoto — Medina disse. — Há duas fragatas da Aliança no sistema, chamadas por aquele canalha. E os dois caças...

— Positivo pra isso, mas a capitã Bonadeo está tratando com elas agora mesmo.

De fato, Peregrino só estava ali porque, ao tunelar para dentro o sistema, a *Noronha* teve a vantagem da velocidade e do posicionamento em relação ao asteroide. Se as fragatas quisessem bloquear o acesso aos mineradores, teriam de se sujeitar a uma longa manobra no complicado sistema coalhado de corpos planetesimais. Segundo Moussa, depois de saber do ansível enviado pela sindicalista, Druillet havia movido as suas próprias peças. Era um pouco assustador que sua empresa tivesse esse tipo de apoio. Uma fragata da Aliança era um vaso bem menor que a *Noronha*, mas duas delas venceriam, em agilidade e em sistemas táticos e de armas, um destróier da Esquadra Latinoamericana Colonial.

Rosalva aproximou-se deles, vinda do console de comunicação.

— A sua piloto quer falar com você — disse, sem chamar Peregrino por seu posto.

Ele a acompanhou até o console. Inclinou-se sobre o microfone na ponta da haste flexível.

— O que é, Darlene?

— Despacho urgente direto da capitã Bonadeo — Darlene Gomes anunciou.

A Capitã de Ar e Espaço Margarida Bonadeo era a responsável por Peregrino estar ali, partilhando o destino dos mineradores. Comandava a NLA-91 *Noronha* havia pouco menos de dois terra-anos e já se tornara uma comandante de reputação crescente na Esquadra. Peregrino fora transferido para o destróier assim que saíra sua promoção de alferes para segundo-tenente. Desde então, Bonadeo, sem nunca se explicar, dava a ele as missões mais desafiadoras. Sabia que a tradição era passar ao oficial mais novo tarefas chatas ou corriqueiras, para lhe dar experiência e aliviar os mais antigos para se dedicarem aos estudos e à administração de pessoal. Mas as três missões anteriores que recebera foram potencialmente fatais. Uma delas teria sido um embaraço para a ELAC, se ele tivesse fracassado.

Às vezes, convencia-se de que ou Bonadeo o odiava, ou tinha nele o único oficial júnior em quem era capaz de confiar. Nunca se dera ao trabalho de contar-lhe qual das duas opções era a verdadeira. Outros tenentes recebiam apenas incumbências departamentais, enquanto a ele cabia a maior parte das abordagens. Eneias Barcellos, o oficial-executivo da *Noronha*, parecia alternadamente perplexo e contrariado quando Bonadeo enviava Peregrino em suas missões. Talvez ela não acreditasse que o tenente tivesse capacidade intelectual para lidar com sistemas de armas ou de suporte de vida, de sensores ou de propulsão ou algo mais que exigisse aperfeiçoamento do que ele aprendera na Academia de Olimpos Mons.

Apenas uma vez, enquanto a capitã lhe passava em sigilo os detalhes de uma nova operação, ele tomara coragem de perguntar por que ela o escolhera. Com uma expressão surpreendente pela angústia denunciada nas rugas em sua testa e nos cantos da boca, Bonadeo havia dito: "Quando você voltar, me faça essa pergunta de novo". E quando ele voltara, ela não lhe dera chance de recolocar a questão. Às vezes, Peregrino imaginava que morreria ainda segundo-tenente, em uma dessas missões.

Darlene repassou, com o mais leve tremor na voz, a mensagem da capitã:

— Análise compreende a situação dos mineradores. Apesar do argumento saúde, conferência com fragatas AT-P negativa. Levantar evidências disponíveis. Intensa troca ansívica entre fragata líder e dois caças lançados à sua posição.

— Qual é o seu nome?

— Helena Cabral, tenente — ela respondeu.

Tinha a pele muito branca, olhos claros e parecia avançada na casa dos cinquenta — pelo que os hematomas em seu rosto permitiam reconhecer. Tinha a cabeça enfaixada, um braço na tipoia e uma perna na tala.

— O que houve com você?

Ele tinha conferenciado brevemente com Bonadeo, que lhe passara mais detalhes da situação tática. A *Noronha* e as duas fragatas disputavam um cabo de guerra. O trunfo da capitã era a presença do grupo de Peregrino no asteroide. Os militares da Aliança contavam com os dois caças. Não havia mais cartadas a serem lançadas. O destróier carecia de apoio nesse setor da Zona 2, enquanto as duas fragatas não deviam contar com reforços no futuro próximo. Para Peregrino, significava que tinha que se virar sozinho até o impasse ser resolvido de um modo ou de outro. Resolveu, antes de tudo, visitar a mulher no ambulatório.

Tinha retirado o capacete e sorria para ela, tentando animá-la.

— Fui contra a paralização e sabia do esquema de desvio dos pagamentos dos trabalhadores — Helena Cabral vomitou. — Mas eles me subornavam e eu estava contente com o dinheiro que me pagavam pra ficar calada.

Peregrino foi pego de surpresa. Fitou os pálidos olhos cinzentos.

— Mas quando este pessoal foi mandado pra cá, você resolveu agir.

— Foi impossível ficar quieta. Mas sou culpada por não ter feito nada antes. Não há lugar para todos na sua nave, então me deixe aqui. Eu sou um estorvo, não consigo nem ficar sentada…

— Quem te contou da falta de lugar?

Cabral ficou calada, mas seus olhos a traíram. Ela olhou para Medina.

— Potyguara, escolte o senhor Medina pra fora e diga ao espaçonauta Colucci que deve guardá-lo até segunda ordem.

— Com prazer, tenente.

Potyguara prontamente arrastou o esperneante minerador para fora do ambulatório.

Peregrino voltou-se para Cabral e reforçou o seu sorriso.

— Vamos sedar você e colocá-la num casulo de evacuação espaçomédica, e fixá-lo entre os assentos. Quando sairmos daqui, você vai junto.

Cabral fechou os olhos e lágrimas desceram por suas faces. Ela comprimiu os lábios e assentiu.

— De agora em diante, não quero que o senhor discuta a evacuação com o seu pessoal. Encontrar uma solução pra isso é problema meu e dos meus subordinados.

— Ainda temos tempo — Medina disse, como se não tivesse ouvido uma palavra. — Vamos dar o fora daqui agora...

— Negativo. Reflita: não temos como evitar os caças. Ficando aqui, damos tempo pr'a capitã Bonadeo negociar uma saída.

Estavam de volta à mesa de situação, ladeados do resto dos militares, de Selma Moussa e dos outros mineradores. Todos os civis agora vestiam seus trajes espaciais.

Medina balançou a cabeça.

— Vamos ficar e esperar os caças acabarem com a gente?

— *Não* vão nos atacar — Peregrino disse, convicto. — Estão dentro do alcance dos sensores da *Noronha* e, se o fizessem, seria um ato que provocaria a retaliação da nossa nave.

— Então também não podem atacar a gente se sairmos daqui na sua lancha — o dirigente insistiu.

Foi a vez de Peregrino balançar a cabeça.

— No espaço, eles podem inventar a desculpa de terem sido atacados por nós — disse. — A lancha é armada e basta que digam que tentamos enquadrá-los nos sistemas de pontaria. Ficamos e aguardamos.

— Você não entendeu nada — Medina insistiu. — Eu e o capataz Henriques temos implantes óticos com memória digital, e documentamos os abusos que sofremos. Se os americanos desconfiarem disso, não vão nos deixar sair daqui vivos.

"Americanos" era como muita gente se referia aos cidadãos da Aliança Transatlântico-Pacífico.

— A capitã Bonadeo pediu evidências dos abusos — Peregrino disse. — Já fizeram o download do que os implantes registraram?

— Não temos equipamento pra isso...

— O cabo Potyguara tem um terminal portátil. — Peregrino chamou o padioleiro com um aceno. — É só esterilizar o plugue.

— Não vou me submeter a isso — Medina disse.

— E por que não?

O homem hesitou por um instante, balançando a cabeça.

— Não confio em vocês. Se os americanos souberem que tenho essas informações, viro alvo preferencial.

— Quando fizermos o download e enviarmos as imagens até as naves, vai ser um fato consumado e ninguém vai se importar com quem as gravou.

Medina já lhe dera as costas. Restou a Peregrino ordenar a Potyguara que procurasse Henriques e baixasse os registros do seu implante.

Tinha se dado conta havia algum tempo de que precisava fazer algo para que o pânico não se instalasse entre os trabalhadores. Não lhe ocorrera nada particularmente brilhante, mas o primeiro passo seria impor um período de descanso. Lá em cima, ele imaginava, os pilotos dos caças não teriam esse luxo. Disse à Selma Moussa:

— Mande o seu pessoal dormir, enquanto eu e os meus espaçonautas monitoramos a situação e examinamos as opções. — Apontou para os gráficos na mesa. — Você também. Se precisar da sua ajuda, mando acordá-la.

Medina voltou-se para ele e disse:

— Além de verde, você deve ser louco se acha que vou pregar os olhos.

— Fique à vontade pra fazer o que quiser, contanto que fique de boca fechada — Peregrino avisou. Ele olhou para a mulher. — E a senhora?

— Vou descansar e recomendar o mesmo aos outros.

— Obrigado.

Assim que ela se afastou, ele ordenou que Colucci levasse Medina para longe da mesa. Então se concentrou nas informações empilhadas nela. Quando Potyguara retornou com o material baixado do implante ótico do capataz

Henriques, Peregrino se dirigiu aos seus comandados:

— Sargento Marambio, pergunte à Darlene se nossa lancha veio com um engodo apropriado ao seu modelo. Em caso positivo, traga-o pra cá. Mas dentro dos seis minutos que os caças demoram para voltar a sobrevoar nossa posição.

— Sim, senhor.

— Potyguara, prepare um casulo de evacuação pr'a senhora Cabral... e um segundo.

— *Dois* casulos, Tenente? O segundo vai ser pra quem?

— Pr'o caso de termos que sedar uma segunda pessoa — Peregrino disse.

O cabo-padioleiro sorriu.

— Entendido, senhor.

— O resto de vocês, período de descanso, quatro horas.

— Tudo isso, senhor? — a espaçonauta Borges disse, de sobrancelhas arqueadas.

Era a única da equipe que não havia descansado a carabina de alta energia, mantendo-a firme nos punhos. Uma novata na *Noronha*, transferida havia pouco tempo. O que ela queria dizer, claro, era que quatro horas parecia tempo demais para uma solução negociada entre Bonadeo e as fragatas da Aliança. Agora tudo se limitava a um jogo de cansaço entre eles e os pilotos de caça.

— Sou generoso, Borges — respondeu. — Não lhe disseram isso na *Noronha*?

— Sim, senhor — ela disse, com um meio sorriso.

— Descansem. Vocês precisam estar bem quando a encrenca começar pra valer. Até lá, vamos pensar em uma saída.

Borges disse:

— O senhor vai pensar numa saída. Isso é outra coisa que me falaram na *Noronha*.

Ele devolveu o sorriso.

— Vai estar embrulhada pra presente quando acordarem.

A única iluminação no recinto pendia acima da mesa com Peregrino. O restante eram luzes de controle nos consoles ligados e de indicação dos outros espaços do módulo. Ele conferenciava aos sussurros com Margarida Bonadeo, que lhe falava a partir do passadiço da *Noronha*. Havia tomado um pouco de suco de açaí e uma pílula de cafeína, sentindo-se alerta e tranquilo. Como esperava, a capitã também não dormia. Era algo que tinha de reconhecer: quando estava em missão, ela acompanhava seus passos de modo estrito e com todo o apoio possível já de prontidão.

Bonadeo fez um relato sucinto do impasse nas negociações. As evidências gravadas por Henriques não pareciam ter comovido os militares da Aliança, que pediram tempo para questionar Druillet. Depois, vieram com uma conversa de imagens falsas, geradas por computador. O relatório médico feito por Potyguara sobre o estado de Helena Cabral também foi negado. Claramente, mantinham o impasse enquanto alguma flotilha da Aliança acelerava para a Zona de Simetria Rompida, para reforçá-los o mais cedo possível.

A capitã forneceu mais detalhes sobre os caças. Como Peregrino imaginava, eram aparelhos de só um tripulante, compactos e sem capacidade de tunelamento quântico, dependendo da sua fragata para entrar e sair do sistema.

— Não sei muito sobre como os pilotos de caça da Aliança se comportariam num quadro como este — Peregrino observou.

— O que você pode apostar é que eles não vão desgrudar um do outro — ela disse, com sua bela voz. — São obcecados com minimizar perdas, não vão se separar. Também significa que costumam ser rápidos no gatilho.

— A postura deles tem sido dinâmica, orbitando nossa posição a cada seis minutos.

— Dificilmente seria uma postura estática. Sabem que sua lancha tem armas, não vão oferecer um alvo fácil.

— Assim eles também conservam velocidade pr'o caso de tentarmos sair daqui acelerando tudo.

— Positivo.

Bonadeo caiu em silêncio. Seria preocupação que ele sentia em sua voz? De repente, uma estranha sensação o atingiu. Era como se ela estivesse sozinha no centro de comunicação da *Noronha*, ele sozinho no asteroide, e a conversa entre os dois soasse mais íntima do que tática. Ela tinha uma voz sensual — era uma mulher belíssima, embora perto dos quarenta. Olhos verdes brilhantes, boca beligerante e bonitos cabelos escuros. Uma espécie de modelo da beleza latina, estendido também à figura curvilínea.

— No que você está pensando, Peregrino? — ela perguntou, interrompendo sua fantasia com um susto culpado.

— Não sei ainda, capitã — admitiu. — Algum tipo de manobra desviacionista...

— Qual exatamente? — ela demandou. — Este canal é seguro.

Peregrino rascunhou suas ideias. Silêncio do outro lado. Por tanto tempo que ele começou a tamborilar os dedos enluvados no revestimento da mesa.

— Ótimo — ela disse, enfim. — *Se* você conseguir cronometrar tudo e articular a coordenação de esforços necessária.

— Os robôs vão fazer a maior parte do trabalho. Eles costumam ser bons nessa coisa de cronometrar.

Bonadeo riu.

— O pessoal daí continua dando trabalho, então — disse.

— Principalmente o líder, Medina. A engenheira de mecatrônica, Selma Moussa, é confiável. O resto está dividido quanto a Helena Cabral, que enxergam como pelega, embora tenha sido castigada duramente por defendê-los. Por eles, ela podia muito bem morrer aqui. Vai ser a primeira pessoa que vamos embarcar.

— Medina vai dar trabalho na hora H?

— Acho que ele está mais ansioso pra sair daqui do que os outros. Mas tenho um plano para o caso de ele sair da linha ou entrar em pânico.

Caiu em silêncio. Bonadeo leu seus pensamentos.

— Você suspeita de alguma coisa quanto a Medina.

— Sim, senhora — Peregrino admitiu. — O fato de ele não querer partilhar a sua gravação ótica me incomoda. Talvez haja algo mais nisso do que medo da retaliação da empresa, como alega.

— Bem, não podemos fazer nada sobre isso. Não sem violar o seu direito à privacidade.

— É verdade — ele admitiu, torcendo para que ela não notasse a falta de convicção em sua voz.

— Apenas não se comprometa — Bonadeo disse.

Depois disso, ela dedicou o resto da conversa a combinar as manobras que a *Noronha* faria assim que ele desse o sinal, e o possível ponto de rendez-vous. Se o truque desse certo.

— Agora! — Peregrino disse, para o benefício de Selma Moussa ao seu lado, mas também do sargento Marambio e do cabo Potyguara. O cronômetro corria.

A engenheira apertou o botão que punha os robôs-operários para trabalhar. Marambio e Potyguara, já na eclusa que dava para a plataforma de pouso do lado de fora do habitat, abriram a escotilha externa e se lançaram, carregando o casulo praticamente sem peso com a sedada Helena Cabral dentro dele. Avançavam puxando-se por um cabo ligado a uma estrutura presa à plataforma — a gravidade superficial no asteroide era de uma fração de um décimo da gravidade da Terra. Se tentassem caminhar, praticamente entrariam em órbita. Do outro lado, os robôs se moviam na direção do lançador orbital, empregando cabos idênticos.

Dentro do habitat, todos voltaram a envergar os trajes espaciais após o período de descanso. Peregrino havia explicado o plano e sofrido mais abusos verbais de Medina. A ponto do homem só fechar a boca depois de Potyguara ameaçar nocauteá-lo com um sedativo. Mas Selma gostou da ideia e rapidamente programou os robôs para executá-la. Lançar os autômatos e levar Cabral à lancha correspondia à primeira fase do plano — assim como acionar as duas unidades volantes no outro hemisfério do corpo planetesimal.

Quando passou o primeiro período de seis minutos com

os caças da Aliança do outro lado do asteroide, a segunda fase foi acionada.

Os robôs interromperam seu trabalho junto ao lançador orbital e se autodesligaram pelos próximos seis minutos. Dentro da lancha, todos os sistemas foram desligados, mesmo que Marambio e Potyguara ainda não tivessem fixado o casulo espaçomédico no piso. No interior do habitat, todos os sistemas também foram desligados, inclusive a gravidade artificial. Com sorte, os exaustos pilotos em órbita seriam confundidos pelo silêncio total e pela súbita atividade das unidades volantes.

Passados mais seis minutos, os robôs-operários retomaram suas atividades, Marambio e Potyguara terminaram sua tarefa na lancha, e o cabo-padioleiro retornou apressadamente ao habitat. Assim que saiu da eclusa, uma leva de mineradores enfiou-se lá dentro, acompanhada do espaçonauta Colucci. Houve algumas trombadas por causa da baixa gravidade, mas todos entraram como previsto.

Medina tinha exigido ir junto com a primeira leva, mas Peregrino lhe dissera:

— Você é o capitão deste navio. Tem que supervisionar a evacuação e sair por último.

Agora, o dirigente voltara à carga. Queria partir com o segundo grupo.

— Estou saindo daqui, garoto. E você não pode me impedir! Não faço parte da sua tropa de escoteiros.

— Já conversamos sobre as suas responsabilidades...

— Eu não me importo!

— Que criançâo — Peregrino exclamou. — Acho que já deu a hora da gente te pôr pra dormir.

Medina forçou o riso.

— Estou em um traje espacial fechado. Vocês não podem me sedar...

Peregrino assentiu com a cabeça para Potyguara e Borges, que, em meio minuto e com a força multiplicada de suas armaduras e a experiência superior manobrando em baixa gravidade, imobilizaram Medina e removeram seu capacete. O homem gritou e esperneou, mas o cabo conseguiu pressionar uma seringa hipodérmica em seu pescoço.

— No segundo casulo, por favor, Potyguara — Peregrino ordenou, e o cabo e a espaçonauta Borges despiram Medina até a bermuda de interface e o enfiaram no casulo de remoção espaçomédica.

— Agora a conta dos assentos na lancha tá certa — Potyguara declarou.

— Não fique tão feliz — Peregrino disse. — Vocês dois vão ter o trabalho de levá-lo no próximo grupo.

— Não vai ser trabalho nenhum.

Os mineradores que restavam observaram a tudo calados. Peregrino percebeu que alguns deles não gostaram do destino de Medina, Henriques entre eles, mas que Selma aprovava silenciosamente. Ninguém protestou em voz alta.

— Potyguara — Peregrino disse, fechando o autofalante e usando o canal exclusivo do grupo de abordagem —, quando você estiver na lancha, quero que tente fazer o download do implante visual desse sujeito. Assumo a responsabilidade legal pela ordem.

— Se ele tiver dispensado o uso de senha, eu faço, senhor.

Mais duas fases do plano de fuga haviam se passado sem atrasos ou outro incidente. Os robôs perfeitamente programados por Selma Moussa fizeram o seu trabalho. Apenas Peregrino e ela aguardavam o novo período de cegueira dos caças para finalmente deixarem o habitat.

Na lancha, a piloto Darlene Gomes havia marcado a trajetória dos caças e verificado pelos instrumentos óticos que, com o acionamento das fábricas automáticas, eles a tinham alterado significativamente. Célere, traçou um plano de voo — com papel e caneta — baseado nesses novos dados, e informou Peregrino. Ele, por sua vez, autorizou o repasse via pulso de ansível a Margarida Bonadeo. Foi uma ruptura do truque de fingir de morto, mas a *Noronha* precisava saber aonde seguir para finalizar o plano.

Peregrino e Selma entraram na eclusa. Tinham cinquenta segundos para alcançar a lancha. Por toda parte, cronômetros pareciam cercar Peregrino e ditar seus passos, seus pensamentos.

— Obrigada por ter vindo em nosso socorro, tenente — a engenheira disse. — Lamento pelo nosso comportamento, especialmente o de Medina. Acho que, no fundo, somos só um bando de garimpeiros.

— Não teríamos conseguido sem sua ajuda — ele respondeu. — Não se menospreze.

O cronômetro zerou. Peregrino e a mulher saltaram da eclusa e se agarraram ao cabo que os conduziria à lancha. Nesse instante, os sistemas do habitat voltaram à vida. Um segundo depois, o lançador orbital despachou a carga preparada pelos robôs — um fardo contendo poucas toneladas de minério, mais duas brocas de plasma atadas a ele, ativadas remotamente para simular os reatores da lancha. Enfim, o engodo inflável feito de material reflexivo ao radar. Ele se abriria para alcançar o volume da lancha em três segundos. O temporizador fora programado para ativá-lo após vinte segundos de voo. O lançador, regulado para força máxima e com a carga mínima, de modo que o pacote mentiroso fosse lançado a uma fração da velocidade de partida emergencial da nave.

Peregrino e Selma chegaram à lancha, entraram, fecharam a escotilha e se enfiaram nos assentos restantes.

— Pronto para a decolagem em trinta segundos — Darlene informou, acionando todos os sistemas da nave.

Peregrino não quis saber se o prazo estava de acordo com o cronômetro. Já não se importava mais. O plano funcionaria, ou não.

Quando chegaram a uma altura de vinte quilômetros da superfície do asteroide e acionaram os sensores ativos é que souberam que os caças haviam acelerado para interceptar o engodo.

Peregrino sentiu-se despertar com um tranco.

— Força total, Darlene! Não importa se queimarmos os motores. Precisamos ganhar velocidade contra os caças. A *Noronha* pode nos recolher mais tarde, se estivermos à deriva.

— Vamos acelerar no limite dos compensadores inerciais, tenente! — a piloto garantiu.

Quando perceberam o truque, os caças deram meia-volta, mas a lancha havia ganhado uma vantagem que não conseguiriam compensar. Não antes que a *Noronha* se posicionasse para o rendez-vous.

Peregrino reclinou-se e suspirou. Então lembrou-se que ainda tinham uma hora ou mais até o reencontro com o destróier. Havia uma última coisa a resolver.

Dessa vez, Bonadeo recebeu-o em uma deserta sala de avaliação tática, oferecendo-lhe xícara fumegante de café. Antes de pedir seu *debriefing*, contou como foi a reação das fragatas da Aliança.

— Quando demos o primeiro empuxo, eles exigiram saber o que íamos fazer. Diante do meu silêncio, lançaram os dois caças da segunda fragata, mas já estávamos manobrando. Assumimos dois cursos diferentes para confundi-los antes de tomar o curso final para o rendez-vous. Quando eles se deram conta de que você tinha despistado os caças e que tínhamos a vantagem, desistiram. — E então ela demandou: — Conte o que descobriu sobre Medina.

Enquanto se distanciavam do asteroide, Potyguara lhe passara o resultado do download bem-sucedido. Peregrino transferiu-o para o console do seu assento e fez correr as imagens de cinco terradias passados. Depois de encontrar o que queria, redistribuiu a todos os outros a bordo.

— As imagens mostravam — contou — Medina e Druillet repassando juntos um mapa com os principais pontos de concentração de minério no sistema, registrados pela empresa. Depois, Medina tomando medicamentos antirradiação e recebendo de Druillet uma bermuda de interface especial, efetivamente um traje protetor. Algo com o que os outros enviados ao asteroide não contavam, e que o cabo Potyguara verificou quando o despiu para colocá-lo no casulo. Apesar da proteção, Medina devia estar morrendo de medo de Epsilon Eridane.

— Um conluio… — Bonadeo ruminou. — E arriscado. Druillet teria chegado a chamar as fragatas para cobrir seu esquema?

— Ou alguém se adiantou a ele. Assim como provavelmente a senhora Cabral não participou do conluio. Devem ter vazado a ela o destino dos mineradores, torcendo pra que vencessem suas dúvidas e usasse o ansível.

— Mas o que eles visavam?

— O resultado final do que certamente virá a acontecer. Os garimpeiros resgatados vão dar queixa junto às entidades internacionais dos maus-tratos sofridos. A operação no sistema deve ser embargada. Tendo se apoderado do segredo comercial gravado por Medina, Druillet e ele voltariam pra se apoderar de uma parte do tesouro. Pequena demais pra justificar a operação mineral da empresa, mas, pra eles, uma fortuna maior do que conseguiriam só com salário e bônus.

Bonadeo assentiu lentamente, um brilho de satisfação nos olhos verdes.

— Mas a prova que você obteve não pode ser usada no tribunal — observou. — Medina ainda pode voltar para recolher seu tesouro.

Peregrino bebericou um pouco de café antes de responder:

— Tenho certeza de que ele vai sofrer o julgamento dos seus pares. — Lembrou-se de como ele e os seus comandados tiveram que suar para impedir que os garimpeiros matassem o desacordado dirigente em seu casulo. — Dando tempo ao tempo, acho que Medina não vai a lugar algum.

Becky Star e Ronnie na Zona Morta

DUDA FALCÃO

A aterrisagem não foi confortável. Becky Star pilotou como pôde para se salvar. O navegador deixara de funcionar, um dos propulsores não oferecia plenas condições, o escudo defletor havia pifado e, para piorar, o comunicador de longo alcance, instalado na parte externa do casco, tinha sido destroçado por lixo espacial. A garota estava furiosa.

Era difícil acreditar como chegara àquela situação. Ronnie sempre ficava encarregado de cuidar da rota de viagem, enquanto Becky descansava ou se distraía com treinamentos e jogos. Desde que o pai desaparecera em uma cidade marciana, ela o procurava. Uma pista atualmente a conduzia para Saturno. Ainda não conseguia entender por que Marvin a evitava. As últimas mensagens que trocaram faziam-na pensar que ele estava encrencado com a Federação Solar. Seu instinto dizia, sem dúvida, que o pai precisava de auxílio. Ela queria a todo custo descobrir o que se passava. No entanto, agora teria de se contentar em ajudar a si mesma.

Sem a atividade adequada dos propulsores, não conseguira escapar da atração gravitacional de Tétis. Quando entraram na atmosfera do satélite, algumas placas de metal da nave foram arrancadas. Becky pilotava bem, o pai a ensinara bastante sobre como navegar, entrar e sair de órbitas permanecendo viva. Se ao menos o escudo defletor estivesse em ordem, teria sido mais fácil.

Becky e Ronnie atingiram uma área equatoriana e pousaram sobre um terreno pantanoso que amenizou o impacto. Por sorte era dia e, mesmo sem os instrumentos básicos de navegação, a garota desviou da maior parte das árvores. Todavia, não conseguiu evitar que alguns galhos atingissem o casco, causando amassados no metal resistente.

— Por um momento achei que você não nos salvaria — disse Ronnie com sua voz eletrônica.

— Eu devia te jogar no reciclador — ameaçou Becky.

O robô tinha um olho que mais parecia uma luneta encolhida. Um mecanismo como o de uma máquina fotográfica, que piscou, lhe concedendo certa humanidade.

— Foi sem querer. É sempre você quem se diverte. Passei meses limpo. Sem nenhuma gota. Você faz o que quer e eu não posso nada. É injusto. Seu pai sabia o meu valor. Não se importava quando eu me excedia um pouco. Amigo do peito.

— Pare de resmungar, Lata Velha! A vítima aqui sou eu e não você.

— Não me insulte. — A voz do robô mudou para um tom mais agudo, parecendo ofendida.

— O que você quer que eu diga? Que lindo! Robozinho querido desligou o escudo defletor para catar lixo espacial.

— Pensei que podia ser algo valioso.

— Robôs precisam calcular e não pensar. Se você não estivesse bêbado, teria avaliado melhor a situação. Teria me acordado, mas quis fazer tudo sozinho. A droga do lixo espacial acertou em cheio a antena do rádio comunicador e um dos propulsores, mudando nosso curso.

O robô não argumentou.

— Alguma hora eu arranco o chip de alcoólatra que meu pai inventou de instalar em você.

— Só para deixar claro... Não tenho nenhum chip desse tipo. Seu pai apenas me deu um programa mais eficiente de humanização.

— Eficiência que nos colocou em uma enorme enrascada.

— Seu pai queria um amigo, uma verdadeira companhia e não uma coisa artificial, sem sentimentos.

— Pare de falar no meu pai. Ele não está aqui para defender suas irresponsabilidades. — Becky ficou com vontade de chorar; sentia saudades do pai. — Se daqui pra frente você beber uma gota de qualquer bebida alcóolica enquanto estiver na cabine de controle, prometo que jogo você no ferro velho do planeta mais distante do Sistema Solar.

— Sinto muito. Vou me controlar. Palavra de honra.

— É melhor que esteja falando sério, para o seu próprio bem. — Becky parou de encarar o robô e olhou para o painel de controle diante dela. — Precisamos arrumar essa bagunça.

A garota teclou, solicitando ao computador central o mapa da nave, que apareceu em uma tela verde. O mapa mostrava todos os setores do veículo e alguns deles estavam em vermelho, indicando as avarias. Precisaria de paciência e de uns dois dias terrestres para terminar os reparos do lado de fora.

Da cabine era possível ver o pântano em que tinham aterrissado e mais duas luas próximas à direita. Becky ao menos sabia os seus nomes: Calypso e Telesto. Tétis realizava uma órbita síncrona com Saturno, que podia ser visto mais à esquerda, pelo vidro da cabine. O local em que caíram ficava no limite entre o lado escuro e o lado iluminado pelo Sol. As horas que passariam naquele satélite, no ponto onde se encontravam, dariam a sensação de um eterno amanhecer.

Becky tentou utilizar o rádio comunicador, mas não obteve sucesso. Estava quebrado.

— Ronnie, teste o seu rádio de ondas curtas. Vamos ver se conseguimos contatar alguém civilizado nesta área — pediu a garota.

— Deixa comigo.

O robô não falou durante uns dois minutos. A dupla escutou apenas estática sendo reproduzida pelo alto-falante de Ronnie.

— Nenhum contato. Infelizmente, estamos em uma zona morta — disse o robô.

— Não é possível.

— É possível, sim. Não teremos como nos comunicar. A região é uma anomalia. Ondas de rádio não funcionam aqui. São eliminadas. Sugadas. Ninguém sabe ao certo como isso acontece.

— Nossa situação está me deixando cada vez mais desconfortável. Veja na sua enciclopédia que informações podemos obter sobre Tétis.

— Adoraria ajudar... mas você não quis pagar pelo software das luas de Saturno. Achou muito caro, lembra?

— Droga! É mesmo. Estou lisa, sem nenhum crédito.

— Teve crédito para comprar um barril de cerveja marciana antes de saltarmos para o espaço.

Becky Star ficou sem resposta. Parou de olhar o robô e deu mais uns comandos no teclado. Solicitou uma leitura da atmosfera de Tétis. Após alguns minutos silenciosos, o diagnóstico começou a aparecer em letras cor de âmbar na tela do computador.

— Ainda bem que o medidor de atmosfera está em atividade — disse Ronnie.

Becky o ignorou.

A quantidade de oxigênio na atmosfera era pequena, mas suficiente para a sobrevivência.

— É melhor você ir de capacete e levar um tubo de oxigênio — observou Ronnie depois da leitura feita pela máquina central.

— Você não é meu pai. Vou de capacete porque quero. Vai ser menos cansativo para trabalhar.

— Eu sei que não sou seu pai — disse o robô com voz de quem está chateado. — Mas é meu dever cuidar de você.

— Sua eficiência me deixa pasma. Vamos trabalhar, Lata Velha! — Becky levantou da sua poltrona de piloto.

A porta da cabine abriu automaticamente quando ela se aproximou. A garota entrou em um corredor, seguida por Ronnie. Dos dois lados do caminho existiam portas que levavam a outros setores da nave. O robô se locomovia com duas finas hastes mecânicas que mais pareciam membros de um pássaro exótico. Apesar da frágil aparência, as pernas sustentavam uma armação redonda, quase como uma esfera, repleta de encaixes, um olho em forma de luneta na parte dianteira, uma antena nas costas, um pequeno alto-falante que reproduzia sua voz e um propulsor na parte inferior da carcaça metálica. Também tinha um pequeno compartimento circular, em forma de boca, que se abria para a ingestão de líquidos. Em um ponto interno, possuía um sensor de graduação alcóolica, capaz de modificar o estado de consciência e discernimento do cérebro positrônico que fora instalado no centro da estrutura. Quando o robô estava bem lubrificado, somente com óleo, ele se movimentava silencioso. Não era o caso naquele momento. Suas juntas rangiam muito depois de beber uísque ou vodca, suas bebidas preferidas.

Becky notou o barulho que o corpo metálico fazia.

— Após me ajudar com a nave, lubrifique as suas peças para curar essa maldita ressaca.

— Pode deixar, comandante! — Sua voz robótica destilava ironia.

O corredor com o teto curvado, em forma de semicírculo, apresentava arcos semelhantes a enormes costelas. Becky era tão apaixonada por aquele veículo quanto o seu pai. O modelo Besouro A-1 fora um dos primeiros da série. Já não fabricavam mais e, para alguns, poderia ser confundido com uma peça de museu. No entanto, as habilidades de engenharia de Marvin tinham alterado aquela máquina, transformando-a em um transporte único.

Os dois adentraram a primeira porta à direita, chegando ao compartimento de entrada e saída da nave. Lá estavam armazenados diversos equipamentos utilizados pelos tripulantes. Dividiam-se em três armários contendo trajes espaciais, ferramentas e armamentos. Atrás de uma porta de vidro repousavam duas roupas de astronauta. A garota acionou um botão na parede que fez deslizar o vidro. Optou pelo uniforme azul-claro com nuances de prata. Começou a vesti-lo por cima de uma regata preta e uma bermuda curta que costumava usar quando estava somente com Ronnie a bordo da Besouro. O robô era um alcoólatra, mas ao menos não fora programado para ser um voyeur. O pai respeitava as mulheres, dessa maneira não daria uma personalidade que pudesse deixar a filha ou qualquer outra sem graça na frente de uma máquina.

Assim que Becky se vestiu, apertou outro botão na parede, revelando prateleiras com as armas. Catou um cinto com um coldre e o afivelou na cintura. Em seguida pegou uma pistola laser. Era melhor estar prevenida se alguém ou alguma criatura a ameaçasse. Não sabia o quanto poderia ser perigoso aquele satélite. Depois, ajeitou nas costas, como se fosse uma mochila, um pequeno *jetpack*. Então colocou o capacete, fabricado com um vidro fino super-resistente e dotado de um pequeno transmissor com uma antena de rádio no lado esquerdo.

Becky tinha cabelos curtos e, desde a infância, uma trança que precisava acomodar para não ficar de fora do elmo de astronauta. Nunca cortaria aquela trança, pois lhe ajudava a lembrar da mãe que morrera muito nova. Por último, a garota selecionou quatro placas de metal em um terceiro receptáculo. Cada uma delas media um metro de comprimento por um metro de largura. Dirigiu-se à porta de saída, que abriu ao seu comando de voz. Ela sentiu a vibração do ar quando a porta foi aberta. Ventava lá fora. Uma rampa de metal se estendeu até encostar no solo oculto pela água.

— Eu levo as placas e você carrega a caixa de ferramentas — disse Becky para Ronnie após ligar o comunicador.

— Fale mais alto, eu não a ouvi — reclamou Ronnie, aumentando o volume da sua voz. — O rádio do capacete não vai funcionar aqui na zona morta.

Becky desceu pela ponte da Besouro e pisou no pântano. Mesmo com o capacete, ela conseguia escutar alguns sons externos. As águas eram rasas naquele ponto: apenas ultrapassavam um pouco a altura das canelas. Ronnie levantou a caixa de ferramentas com seus dois braços auxiliares que surgiram de dentro do corpo esférico e seguiu Becky com suas passadas desajeitadas de ave. Depois que os dois desembarcaram, a ponte se recolheu e a porta da nave fechou.

A garota caminhou até o primeiro ponto de avaria na fuselagem da Besouro. Colocou as chapas sobre um montículo de terra e apanhou um soldador elétrico da caixa de ferramentas. Começou a consertar o estrago que ficava na altura de suas mãos, soldando uma das placas sobre o buraco. Becky demorou um pouco para terminar o serviço. Enquanto ela trabalhava, Ronnie observava ao redor como uma sentinela.

— Precisa polir e pintar — berrou perto do capacete. — Do jeito que está, seu pai ficará uma fera.

— Ronnie, vai me procurar em Netuno! — disse Becky. — Em um porto seguro, deixarei a Besouro impecável.

Ela entregou para Ronnie a ferramenta que usava. Depois agarrou uma placa e ativou o *jetpack* com um comando de um joystick acoplado à engenhoca. Então, voou para o alto da nave e pousou sobre o casco, que realmente parecia o de um inseto terrestre. A cor esmeralda e reluzente do metal tinha sido descascada com o impacto do lixo espacial em diversos pontos. Ela precisaria de créditos se quisesse deixar o veículo apresentável para quando encontrasse Marvin. Isso se ela encontrasse o pai. Sabia apenas que não podia perder as esperanças.

Ronnie chegou ao topo logo em seguida. Para voar, acionou o propulsor instalado na parte inferior do seu corpo robótico. Depositou no casco a caixa de ferramentas e entregou o soldador para Becky, que começou a consertar mais uma das avarias na Besouro.

Enfim, as quatro placas foram afixadas. A garota estava exausta. O sol continuava no mesmo ponto do céu, dando a impressão de que o tempo não havia passado. Então, Becky se encorajou para averiguar o buraco próximo à cabine, o qual permitira o lixo espacial acertar o sistema interno de irradiação do escudo defletor.

— Está bem danificado — disse a garota. — Vamos levar um tempo nisso. Mas posso consertar. Preciso de irídio, Ronnie. Busque para nós no depósito e traga algo para eu comer.

O robô voltou para o interior da nave e trouxe o que Becky pedira. Mais algumas horas arrastadas se passaram para que o sistema de proteção ficasse em ordem. A garota decidiu que repousaria antes de continuar o trabalho. Mesmo para o seu corpo jovem e atlético era necessário descansar. Enquanto isso, Ronnie verificaria o navegador, o comunicador e os propulsores.

Becky teve um sono agitado. Sonhou que o pai estava sendo torturado por uma desconhecida raça de alienígenas e que um deus adormecido, em um oceano da Terra, acordava para reivindicar seu império, para escravizar todos aqueles que não eram seus seguidores. Acordou em pânico, aos pulos e suando, quando Ronnie a chamou:

— Comandante...

Já sentada sobre o confortável colchão, Becky esfregou os olhos. Em seguida, perguntou para Ronnie:

— Dormi quanto tempo?

— Oito horas.

— Me sinto muito cansada.

— Você poderá descansar enquanto eu estiver fora.

— Aonde você vai?

— Preciso prospectar um metal para inserir na máquina interna de um dos propulsores avariados.

— E não tem no depósito?

— Não.

— Vou junto. Você faz a prospecção, eu cuido da sua segurança. — Becky se levantou.

— Fico honrado. Pelo visto, você me acha importante — ironizou o robô.

— Não se ache o melhor robô do universo. Quando encontrar meu pai, se você não estiver por perto, ele vai ficar decepcionado comigo. Portanto, faço pelo Marvin e por mim mesma. Não é por você, Lata Velha.

A voz robótica de Ronnie emitiu uma risadinha breve. Antes que saíssem do dormitório, Becky ainda perguntou:

— Você conseguiu consertar o navegador e a antena do comunicador?

— O navegador, sim. Está pronto. O comunicador, no entanto, não tive tempo de consertar. Mas podemos arrumá-lo no espaço, assim que tivermos zarpado daqui. Não carecemos dele enquanto estivermos nesta zona morta.

Becky foi vestir sua roupa de astronauta. Logo que terminou, os dois saíram para a prospecção. Lá fora, a garota olhou para a Besouro antes de partir em busca do minério. Percebeu que trepadeiras tinham se agarrado à parte inferior do casco da nave. A vida parecia crescer rápido por ali. Ronnie, notando a expressão de interesse no rosto da comandante, perguntou bem alto para que ela pudesse ouvir:

— O que foi?

— Essa planta agarrada na nave. Não é estranha?

— Estamos num lugar desconhecido. Tudo é estranho. Se você tivesse comprado aquele software, ficaria mais tranquila agora.

— Não precisa jogar na minha cara o que eu não fiz. Vou comprar esse negócio quando a gente chegar a um lugar civilizado!

— Pra isso precisamos consertar o propulsor.

— Liga logo o radar e vamos trabalhar.

Após a ordem de Becky, Ronnie ativou um radar de minério capaz de identificar elementos químicos em um raio de cem metros. A cada vez que o radar fazia uma leitura, os dois se afastavam mais da nave. Eles caminhavam pelo pântano. Uma grama grossa e úmida cobria a terra e, em alguns pontos, a água deixava o chão submerso. No entanto, isso não era preocupação para Becky, pois o leitor de Ronnie também era habilitado para informar a profundidade das águas. Os dois se aventuraram somente pelos locais rasos.

Insetos parecidos com cigarras voavam solitários; às vezes chegavam perto de Becky e Ronnie, mas se afastavam. Pássaros do tamanho de pombas estavam pousados nas copas das árvores. Quando um dos aventureiros se aproximava, voavam dos galhos, mostrando sua beleza de coloração exótica.

Conforme avançavam, a floresta se tornava mais densa.

Trepadeiras roxas e azuis viviam em simbiose com a mata. Flores amarelas e alaranjadas se espalhavam sobre as raízes das árvores. Espécies semelhantes a vitórias-régias eram rosadas e flutuavam nas águas prateadas do pântano. Aves voavam ao longe; as que mais chamaram a atenção de Becky tinham um bico arqueado, o pescoço longo e as penas brilhantes como pó de ouro reluzindo no escuro.

Depois de caminhar mais de dois quilômetros, o radar de Ronnie acusou o minério que procurava. O robô e a garota vibraram eufóricos. De um compartimento do corpo de Ronnie, surgiu um braço mecânico como uma espécie de perfurador.

— Vai demorar — disse o robô.

— Não tenho outro compromisso. Eu espero — falou Becky.

Uma hora se passou. Ficaram em silêncio, sem conversar a maior parte do tempo. Ronnie exclamou entusiasmado:

— Estou quase chegando ao veio onde se encontra o minério!

— É tudo o que você diz de dez em dez minutos.

— Agora é sério.

— Ótimo. Faça o seu trabalho. Vou ter de tirar o capacete. Não preenchi o tubo de oxigênio. Usei quase tudo no trabalho externo da nave antes de dormir.

— O ar é rarefeito. Você não vai morrer.

Becky tirou o capacete. Podia respirar, mas com dificuldade. Era como se estivesse no alto de uma cordilheira em Plutão. Ao menos, sem a proteção na cabeça, escutava perfeitamente os sons ao redor. Ela estava sentada sobre a raiz de uma árvore que fornecia uma sombra fresca. Ronnie, enfim, atingiu o veio e conseguiu extrair uma boa quantidade do minério, mais até do que necessitava. Logo o armazenou em um saco de couro que carregaria com um de seus fortes braços mecânicos.

— Pronto — disse Ronnie.

Um cheiro forte e repentino entrou pelas narinas de Becky. Ela levantou, colocando o capacete que permanecia sobre suas pernas no chão, e olhou para trás. Não viu nada. As folhagens se mexeram sem auxílio do vento. Por instinto, a garota sacou a pistola que trazia no coldre e apertou o gatilho na direção das folhas. Um urro se fez ouvir ao mesmo tempo em que era possível ver um líquido roxo se esvaindo de algo invisível. Num piscar de olhos, apareceu uma criatura que arremeteu na direção da astronauta.

Becky deu um pulo para o lado e atirou mais uma vez, revelando a coisa semelhante a um enorme lagarto mimetizado à paisagem. Talvez fosse uma espécie de camaleão, mas era gigante em comparação com os seus primos da Terra e maior do que a garota. Tinha dois braços, mãos com quatro dedos guarnecidos de garras afiadas. A boca estava escancarada com inúmeros dentes ávidos para dilacerar carne. Usava a cauda comprida para ajudar no equilíbrio e para impulsionar o bote. Sua coloração se confundia com o ambiente e as folhagens das árvores.

Antes que o animal investisse mais uma vez contra Becky, a garota acionou o *jetpack* e voou, fugindo de mais um ataque. Ronnie também ligou o seu propulsor e ambos escaparam do camaleão de Tétis. Voaram alto e tomaram o rumo que os levaria de volta para a Besouro. A criatura ferida se embrenhou entre as árvores, sumindo da vista dos dois.

— Essa foi por pouco — disse a garota.

— Por um fio de cabelo — comentou Ronnie.

— Você fotografou a criatura?

— Claro. Fotografei todas as espécies que não tenho nos meus arquivos. Se ainda não foram classificadas, podemos ganhar algum crédito vendendo aos enciclopedistas.

— Vou precisar para comprar um novo capacete. É bom ter sempre um de reserva.

— Se quiser, poderá comprar dez capacetes com a venda das fotos.

— Ótimo!

— Finalmente um elogio.

Os dois ficaram quietos o restante do percurso. Observavam a paisagem da altura de uns quinze metros. Já podiam avistar a nave, mas algo não parecia certo com a sua cor original. Quando chegaram mais perto, Becky percebeu que as trepadeiras tinham se multiplicado e abraçavam mais da metade da Besouro.

Ronnie e a garota aterrissaram. As trepadeiras eram grossas e pulsavam como veias sobre a lataria do veículo. Algo corrosivo marcava as placas de metal. Becky ficou preocupada e deu um comando de voz para que a porta se abrisse. No entanto, como se fosse uma rede, os cipós se mantiveram firmes, deixando a porta emperrada. O robô acionou mais uma vez o seu propulsor. Quando se aproximou da planta, revelou do seu interior uma haste com um dispositivo que produziu eletricidade. Ao ser atingido, o vegetal recuou, liberando a entrada. Com rapidez, os dois aventureiros adentraram a nave, fechando-a, sem permitir uma possível invasão.

— E agora, Ronnie? Você precisa ir lá fora para consertar o propulsor.

— Primeiro preciso forjar uma liga metálica para o reparo. Marvin não a ensinou a inverter a polaridade do escudo defletor?

— Ele me mostrou uma vez. Acho que sei como proceder.

— Então vá em frente. Tenho trabalho para fazer.

Ronnie foi para o laboratório e Becky se dirigiu à cabine de comando com a intenção de alterar as combinações de uma placa de circuitos para reprogramar o escudo defletor. Levou duas horas nesse serviço. Estava apreensiva, pois presenciava pela ampla janela da cabine as trepadeiras aumentando de tamanho e envolvendo cada vez mais a Besouro. Cresciam sobre os cipós grossos flores vermelhas que soltavam um pólen espesso.

Antes que Becky saísse da cabine, Ronnie chegou.

— Terminei — disse o robô. — E você?

— Vamos ver se consegui.

A garota sentou na sua cadeira de piloto e deu um

comando para o computador central. A Besouro tremeu e as luzes internas da cabine piscaram. Uma corrente de eletricidade atacou a planta parasita. Os cipós se afastaram, as flores murcharam e o pólen queimou.

— É nossa chance — disse Becky.

Ronnie e a garota saíram da nave. O casco estava marcado pela corrosão provocada pela planta alienígena. A coisa se alimentava de metal. Ainda assim, o estrago não fora suficiente para comprometer a estrutura externa da Besouro.

Becky voou de *jetpack* em torno da nave, enquanto Ronnie começou a instalar no propulsor a peça que tinha produzido. A garota viu a alguns metros da nave um bulbo gigante, com cerca de oito metros de diâmetro, que se movimentava com a ajuda das raízes e dos cipós atingidos pela descarga elétrica. O monstruoso ser vegetal recuava vagaroso, mexendo os cipós como tentáculos e soltando aquele pólen espesso do tamanho de uma noz. A astronauta, por segurança, apontava a pistola laser em sua direção. Se precisasse, atiraria.

Logo Ronnie deu um sinal para Becky, informando que havia instalado a peça, e os dois retornaram para a nave. Sem demora, Becky foi direto para a sua confortável poltrona de piloto e começou a decolar. Não queria demorar nem mais um minuto naquele satélite. Faltava ainda restaurar o rádio de longo alcance que dependia da antena avariada. Mas isso ficaria para outra oportunidade.

Decolaram em pouco menos de cinco minutos. Passaram pelo céu cor de chumbo azulado e atingiram a exosfera de Tétis.

— E, então, para onde vamos, comandante?

— Não precisava nem perguntar, Lata Velha! Vamos para o destino original. Iremos a Saturno procurar Marvin.

— Pode deixar a navegação comigo. Vá tirar um cochilo.

— De jeito nenhum. Vou permanecer na cabine. Não saio daqui antes de aterrissar no porto da capital. Você vai primeiro converter o escudo defletor para a polaridade correta e depois consertar a antena do comunicador.

— Às ordens, comandante.

— Ah, e não deixe de passar um óleo nessas suas juntas encarquilhadas. Sempre que você bebe fica mais barulhento que máquina de lavar roupas.

Ronnie saiu da cabine resmungando algo que Becky não escutou. A garota cruzou os braços sobre a nuca e as pernas, jogando-as por sobre a outra poltrona de piloto. A Besouro navegou suave até atingir os anéis que embelezavam a órbita de Saturno.

Autores

Mélani Sant'Ana

É arquiteta durante o dia e de noite escreve histórias. Sempre sonhou em ser escritora, mas só foi conseguir se dedicar pra valer a partir de 2017. No começo de 2018 publicou seu debut, um conto chamado *O Primogênito*, na coletânea *Eros Ex Machina*, e desde então trabalhou em um romance que foi concluído em janeiro deste ano. O romance é um space opera com protagonismo feminino e está em busca de uma nave que tope lançá-lo. Atualmente, Mélani está escrevendo contos para concursos e estruturando seu novo romance, que será uma distopia.

Tiago Rech

Nasceu no Rio Grande do Sul e está radicado em Brasília desde 2014. Roteirizou o premiado game *Galaxy of Pen & Paper*. Passou por estúdios como Ludema Game Studio e Otus Game Studio, onde colaborou em diversos jogos, incluindo o finalista da ISR 2013, *NIVEUS*. Seus contos já foram publicados na antologia *Rei Amarelo em Quadrinhos* da editora Draco, no *Volume II* da antologia *Mitografias* e em *Planeta Fantástico — Volume 1*. Escreve sobre narrativa na página Rech´s Narrative Adventure, no Medium.

Tarcisio Lucas Hernandes Pereira

Tem 35 anos de idade, é formado em Artes e estudante de Letras. Tem escrito e publicado, de forma independente, contos e livros de RPG desde sua adolescência. Fã de quadrinhos e literatura fantástica, passa a maior parte de seu tempo entretido com livros de H.P. Lovecraft, Robert Howard, Tolkien e Stephen King.

Rafael Fontoura

É formado em publicidade pela Unisinos e cursa Letras (português) na Uniritter. Estuda Escrita Criativa e participou do Curso Livre para Formação de Escritores, no Espaço Metamorfose. Ama boas histórias, seguindo a jornada do escritor, tendo preferência pelos gêneros da Alta Fantasia e Ficção Científica.

Diego Mendonça

Nascido em Porto Alegre, Rio Grande do Sul, é um escritor dos mais variados gêneros, concentra sua força na literatura fantástica. Tem contos publicados em antologias de diversos selos editoriais. Organizou a antologia *Dossiê macabro: OVNI*, pela Editora Diário Macabro. Em 2019 lançou seu primeiro livro, *O dia de Saturno*, uma mescla entre o horror e a ficção científica. Para conhecer mais do autor, siga-o no Instagram: @drsmendonca

Otávio Definski

Mora em São Leopoldo, Rio Grande do Sul. É formado em Educação Física e escreve há três anos. Seus gêneros preferidos são fantasia e distopia. Influenciado por Tolkien no começo, seguiu a trilha de grandes escritores e escritoras, como Lewis, Martin, Rowling, Sapkowski e Orwell. Aprofunda-se nas leituras de ambos os gêneros para trazer algo de diferente nos seus escritos, colocando um pouco das inquietações de sua mente em cada capítulo e nas montagens dos personagens.

Caliel Alves

Nasceu em Araçás–BA. Reside atualmente em Alagoinhas. Formado em TI pelo CETEP/LNAB, onde começou a escrever poemas e contos. Após publicar seu primeiro livro, não parou mais. Ao longo do tempo, investiu na autopublicação, lançando livros de contos, poesias e romances, dentre eles *Zagenia*. Participa de concursos diversos, onde já logrou êxito publicando em antologias e periódicos, recita em saraus e publica textos na internet. Atualmente, cursa História na UNEB, trabalhando como monitor em pesquisa de extensão.

Tassi Viebrantz

Nasceu em 11 de maio de 1996. Escreve terror, horror, fantasia e drama. Assume o sombrio como sua característica favorita. Autora de diversas histórias digitais na Amazon.

Roberto Causo

É autor dos livros de contos *A dança das sombras* (1999), *A sombra dos homens* (2004) e *Shiroma, matadora ciborgue* (2015). Também dos romances *A corrida do rinoceronte* (2006), *Anjo de Dor* (2009), *Mistério de Deus* (2017) e *Mestre das Marés* (2018). A novela *O Par* ganhou o Projeto Nascente, da Universidade de São Paulo. *Glória sombria*, primeiro livro da série de *space opera As Lições do Matador* (2013), foi indicado ao Prêmio Argos em 2014. Tem contos publicados em doze países.

Duda Falcão

É escritor, editor e professor. Tem cinco livros publicados: *Protetores* (2012), *Mausoléu* (2013), *Treze* (2015), *Comboio de Espectros* (2017) e *O Estranho Oeste de Kane Blackmoon* (2019). Participou de mais de quarenta antologias de contos, de diversas editoras, com ênfase em horror, fantasia e ficção científica. Foi editor da Argonautas Editora, que tinha como principal publicação a Coleção Sagas. Atuou como curador das quatro edições do evento *Tu, Frankenstein* na Feira do Livro de Porto Alegre. É um dos fundadores e, atualmente, o único organizador da Odisseia de Literatura Fantástica. Criou a coleção *Multiverso Pulp*, que publica em parceria com a AVEC Editora. Leciona no Curso Metamorfose de Escrita Criativa — aulas presenciais e online. Venceu o Primeiro Prêmio ABERST de Conto Policial/Suspense em 2018. É licenciado em História, especialista em Literatura Brasileira, mestre e doutorando em Educação. Duda realiza palestras, oficinas de escrita criativa, curadoria de eventos literários, edição e leitura crítica especializada em textos de horror, fantasia, ficção científica e seus subgêneros.

Fred Macêdo (Ilustrador)

Nascido em 30 de junho de 1972, em Fortaleza, Ceará, começa a trabalhar profissionalmente como ilustrador e quadrinista depois de atuar 20 anos no mercado securitário. Seus primeiros trabalhos são resultados de sua parceria com o conceituado artista, roteirista e tradutor Wilson Vieira, que trabalhou muitos anos no concorrido e prestigiado mercado italiano através do estúdio Staff di IF ("Immagini e Fumetti"). A dupla publica suas histórias na Itália, Argentina, Portugal e Brasil. Macêdo ilustrou para o mercado italiano no *Guida Bonelli: Tutte Le Edizione Straniere*, uma compilação de títulos sobre todas as edições do personagem Tex Willer; desenhou várias capas para as editoras Argonautas e AVEC com a temática Pulp; fez também a HQ *The Seventh Son of The Seventh Son*, pela NFL Comics Editora (São Paulo), uma adaptação do álbum de 1988 do grupo de rock Iron Maiden. Fred Macêdo também desenvolve atividades no magistério como professor de desenho, ilustração, quadrinhos, figura humana e modelagem pelo Instituto Federal de Educação, Ciência e Tecnologia do Ceará (IFCE).

Robson Albuquerque (Colorista)

Nasceu em Fortaleza, Ceará, tem 29 anos e desde pequeno sempre demonstrou afinidade com a área de desenho e artes gráficas. Incentivado pela mãe, participou de cursos de desenho e pintura, mas foi somente quando prestou vestibular para Artes Visuais no IFCE que essa paixão se estabeleceu como um foco profissional. Seus primeiros trabalhos como ilustrador e colorista datam de 2009, quando ingressou no Curso de Roteiro para Histórias em Quadrinho do Estúdio de Quadrinhos e Artes Gráficas Daniel Brandão e foi convidado para fazer parte do grupo de artistas do estúdio. Como colorista digital, Robson já participou de diversos projetos com grandes nomes da ilustração nacional como Daniel Brandão, Fred Macêdo e Júlia Pinto em capas de livros e revistas, histórias em quadrinhos, ilustrações editoriais e diversas outras mídias. Atualmente, além de colorista freelancer, Robson trabalha como diretor de arte em uma empresa de marketing digital, produzindo ilustrações e letterings sob encomenda.

Space Probe
Monsters of Lovecraft universe:
- Deep one: p. 18;
- Dimensional Shambler: p. 22
- Flying Polyp: p. 26;
- Being of Ib: p. 18
Globelike spacecraft
Vintage space gun
One-eyed creature.
Alien Plant

MULTIVERSO
pulp

AVEC
EDITORA

Caixa postal 7501
CEP 90430 - 970
Porto Alegre - RS

www.aveceditora.com.br
contato@aveceditora.com.br
@aveceditora